Anne Amrum

NORDSEE GIER

Die Küsten-Kommissare

Das ist ein Kriminalroman und somit reine Fiktion. Sämtliche Personen und deren Handlungen sind frei erfunden. Ähnlichkeiten mit tatsächlich lebenden oder toten Personen (inklusive zufälliger Namensgleichheiten) und /oder Ereignissen sind nicht beabsichtigt und wären rein zufällig.

An dieser Stelle versichere ich, die Autorin, für die Darstellung und Erwähnung diverser gastronomischer, kultureller und touristischer Einrichtungen oder für die Verwendung von Markenbezeichnungen in diesem Buch keine Bezahlung oder anderweitige Zuwendung erhalten zu haben.

Copyright © 2021 Anne Amrum

Alle Rechte vorbehalten.

Imprint: Independently published

ISBN: 9798487533852

Die Ruhe vor dem Sturm vermag auch laut zu sein

SAMSTAG

1

»Warum beginnt das schon so früh?«

»Wieso früh?« Widerwillig dreht sich Yalene zu ihrer Tochter um, die im Fonds des Wagens sitzt.

»Drei Uhr Nachmittag klingt doch nach Kindergeburtstag, findet ihr nicht?« Wiebke klappt gekonnt mit einer Hand einen Taschenspiegel auf und zieht sich mit der anderen die Lippen nach.

»Nicht so grell!«, schimpft ihre Mutter. »Du bist eine Tochter aus gutem Haus und keine Bahnhofsnutte. Liebling, sag doch auch mal was.« Sie knufft ihrem Ehemann, der den Wagen lenkt, auffordernd in den Oberarm.

»Es geht bloß um die Pelzbeschau«, erwidert Tamme Boekhoff knapp und widmet sich wieder der Straße, deren Oberflächenbeschaffenheit er nicht traut. Immer wieder entdeckt er ein verdächtiges Glitzern. Ein eisiges Glitzern.

»Wie bitte?« Yalene sieht ihn entgeistert an. »Was meinst du?«

»Wiebke wollte wissen, warum Oma schon für drei Uhr nachmittags einlädt. Wo doch das Dinner erst abends stattfindet.«

»Davon sprichst du?«, gibt Yalene empört zurück und streicht sich über ihren nagelneuen Nerz, den sie extra für das heutige Event gekauft hat. Bestimmt wird es ein glanzvoller Abend, denn Adda Boekhoff, Tammes Mutter, lädt zu ihrem achtzigsten Geburtstag alles, was Rang und Namen hat, auf Schloss Uelvesbüll ein. »Es ist Anfang Dezember, da ist es wohl logisch, dass man Pelz trägt. Wann denn sonst? Im Juli vielleicht? Wiebke macht sich hier zum Flittchen und du lästerst über . . .«

»Schätzchen, bitte halt jetzt die Klappe, ich muss mich auf die Straße konzentrieren, sonst landen wir noch im Graben.«

»Das haste nun von, dass du dem Chauffeur freigegeben hast«, motzt Yalene unverdrossen weiter.

»Seine Frau hat gerade ein Baby bekommen, das weißt du doch.«

»Das vierte.« Sie schüttelt missbilligend den Kopf. »Weil diese Menschen so einen unbändigen Drang haben, sich zu vermehren, müssen wir nun ohne Chauffeur auskommen . . .«

»Müssten wir nicht, wenn wir ins Schloss ziehen würden, wie Mama es sich schon lange wünscht«, gibt Tamme zurück.

»Pah . . . das hätte sie gerne, die alte Schnepfe, dass sie dich den ganzen Tag unter ihrer Fuchtel hat.«

»Ja, das hätte sie gerne«, stimmt Tamme zu. »Aber wir beide wissen, dass es nicht schlecht wäre, *ihr* auf die Finger zu sehen.«

»Haha, als ob sie dich das tun ließe. Die Hexe kocht immer noch ihr eigenes Süppchen. Niemand weiß wirklich, was sie tut.«

»Na hör mal, immerhin sitze ich im Aufsichtsrat«, wehrt sich Tamme.

»Und trotzdem bist du bei den wichtigen Dingen außen vor. Zumindest beschwerst du dich tagtäglich darüber.«

»Sie wird nicht ewig leben«, lenkt Tamme ein.

»Jeder Tag ist einer zu viel.« Yalene dreht sich wieder zu ihrer Tochter um, die sich auf der Rückbank gerade aus ihrem schicken Chinchilla-Mantel schält und einen schwarzen Mini entblößt, der kaum den Schambereich bedeckt.

»Wiebke! Bist du von allen guten Geistern verlassen? Mit diesem Outfit kannst du unmöglich unter die Leute gehen.«

»Warum nicht? Wenn Oma vor Schreck der Schlag trifft, kann euch das bloß recht sein.«

»Wiebke!«, brüllt nun auch Tamme. »Sei nicht so frech!«

»Ich bin frech?«, empört sich seine Tochter. »Ihr beide sehnt euch schon seit Jahren Omas Tod herbei, aber ich bin frech?«

Yalene kramt in ihrer Tasche nach ihren Pillen. Die und der Alkohol, der bei dem Empfang in Strömen fließen wird, werden sie den Abend überstehen lassen.

»Ich habe gehört, Onkel Barnd schenkt ihr eine Kutsche. Mit echten Pferden und so«, gießt Wiebke nun bewusst Öl ins Feuer.

»Quatsch. Du lügst doch!« Vor Schreck rutscht Yalene die Pillendose aus der Hand. »Hätten wir dich bloß zu Hause gelassen.«

»Eine Kutsche?« Auch Tammes Stimme klingt nun eine Oktave höher und der Wagen macht einen beachtlichen Schwenk Richtung Graben.

»Pass doch auf«, kreischt Yalene und klammert sich an ihrem Türgriff fest.

»Ja. Eine weiße Kutsche mit sechs weißen Pferden. Um Omas Jubiläum gebührend zu begehen«, berichtet Wiebke weiter.

»Woher weißt du das?«, will Tamme wissen, während er versucht, den Jaguar wieder unter Kontrolle zu bringen.

»Sie lügt doch . . .« Yalene, die den Boden nach ihren Pillen absucht, stößt sich heftig den Kopf. »Mann, mit deiner Fahrweise ruinierst du mir noch die Frisur.«

Wiebke schlägt die Beine übereinander und zuckt lapidar mit den Schultern.

»Ihr werdet sehen . . .«

»Ist das mein Schmuck?«, kreischt Yalene los, als sie sich nochmals ihrer Tochter zuwendet und plötzlich den Rubin erblickt, der an ihrem schlanken Hals baumelt.

»Dir liegt doch so viel daran, Eindruck zu schinden, und bei mir liegt er wenigstens nicht auf faltiger Haut«, erwidert Wiebke ungerührt.

»Oh du böse Natter, du . . .«

»Schnauze«, brüllt Tamme. »Diese Straße ist echt nicht ohne! Wenn ihr beide nicht sofort Ruhe gebt, könnt ihr den Rest des Weges laufen!«

2

Wiebke hat eindeutig zu viel vom Champagner genossen. Sie schließt das aus dem Umstand, dass ihr die Party Spaß zu machen beginnt. Und das, obwohl sie seit zwei Stunden im Freien herumstehen. Aber Till sieht einfach zum Anbeißen aus. Und die Blicke, die er ihr zuwirft, machen sie richtig heiß.

Die Terrasse des Schlosses ist mit Schnee und Eis dekoriert. Fantastische Skulpturen wechseln sich mit zauberhaft dekorierten Tischen ab, offene Feuerstellen und Heizstrahler integrieren sich in die märchenhaft inszenierte Winterkulisse, ohne dass irgendetwas schmilzt.

Die weiblichen Gäste sind allesamt in teure Pelze gekleidet und auch auf einige der Herren trifft dies zu.

Um die Gesellschaft auch innerlich zu wärmen, wird fleißig heiße Bowle ausgeschenkt. Und Champagner, denn der darf nie fehlen.

Die weiße Kutsche mit den sechs Schimmeln steht als Gipfel des Prunks in der Mitte des Schlossparks und Barnd Boekhoff, der edle Spender des Geschenks, hat für eine phänomenale Beleuchtung gesorgt.

Nun wandert er von Tisch zu Tisch und erzählt jedem, und vor allem jeder, dass ihm für seine geliebte Mutter nichts zu teuer ist.

Tamme, der das Treiben seines Bruders aus den Augenwinkeln mitverfolgt, würde ihm am liebsten die geballte Faust in den Magen rammen. Und das sieht man ihm auch an.

Barnd hat nicht nur mit seinem Präsent einen Volltreffer gelandet, der alle Blicke auf sich zieht, er ist seit seiner Scheidung vor drei Jahren auch völlig frei, was die Wahl seiner Begleitung betrifft. Statt sich mit einer nörgelnden Ehefrau abzumühen, genießt er die Feier mit einem willigen Haute-Couture-Model am Arm, das kaum älter als Wiebke ist.

Während er seinen Groll in Champagner ertränkt, denkt Tamme – wie jedes Mal, wenn er seinen Bruder sieht – mit Bedauern daran, dass der Unfall seines Vaters zu spät geschah. Wäre sein alter Herr ein Jahr früher vom Pferd gestürzt, wäre er ein Einzelkind geblieben. Die Zwillinge, die ihm das Leben seit ihrer Geburt zur Hölle machen, wären nie geboren worden.

Das Geräusch, das die Pillendose macht, wenn man sie aufklappt, lässt ihn auf seine Gattin aufmerksam werden. Yalene schluckt schon die vierte Pille heute. Und wer weiß, wie viele Gläser Alkohol bereits zum Herunterspülen benötigt wurden.

In diesem Zustand ist sie für Bonna eine leichte Beute.

»Verdammt, Yalene, reiß dich zusammen«, knurrt er zwischen gefletschten Zähnen. »Meine Schwester steuert genau auf uns zu.«

Bonnas stechend eisblaue Augen streifen Yalene mit einem vernichtenden Seitenblick, während sie ihren Bruder zur Begrüßung einmal links und einmal rechts auf die Wangen küsst.

»Fehlt dir immer noch der Mumm für die Scheidung, mein Lieber? Sieh Barnd an, er strahlt geradezu vor Glück.«

»Wo ist deine Brut?«, gibt Tamme ärgerlich zurück. »Wieder in der Rehaklinik?«

Für einen Augenblick sieht es aus, als würde Bonna ihren älteren Bruder bei lebendigem Leib fressen wollen, doch dann packt sie ihr strahlendstes Lächeln aus.

»Sieh doch mal, Daya und Ebba drehen mit ihrer Oma eine Runde in der neuen Kutsche. Das könnte Wiebke auch tun, wenn sie nicht wie 'ne billige Stricherin aussehen würde.«

»Ich hab's dir gesagt«, flüstert Yalene ihrem Mann zu und fummelt neuerlich an ihrer Pillendose herum.

Tamme packt seine Schwester in Gedanken an ihrem speckigen Hals und drückt so lange zu, bis sich ihr apartes Gesicht blau färbt. Doch statt seinem Drang nachzugeben, nimmt er ein weiteres Glas Champagner und leert es in einem Zug.

»Haben deine Töchter heute Ausgang bekommen, oder sind sie schon fertig mit ihrem Drogenentzug? Yalene, mein Schatz, pass auf deine Pillen auf, wenn die beiden in der Nähe sind.«

»Du Monster.« Bonna wirft ihrem Bruder einen schnellen gehässigen Blick zu, setzt dann wieder ihr strahlendes Lächeln auf und geht zum nächsten Tisch weiter.

Die Band spielt plötzlich einen Tusch und alle applaudieren, als die greise Jubilarin mit ihren beiden Enkeltöchtern nach einer Ehrenrunde wieder aus der Kutsche steigt.

Jemand versorgt nun Adda Boekhoff, die in ihrem weißen bodenlangen Pelz und dem übertriebenen funkelnden Schmuck in ihrem Haar ein Wintermärchen aus früheren Zeiten verkörpert, mit einem Mikrofon und sie richtet ein paar Worte an ihre Gäste.

Anschließend strömen alle ins Innere des Schlosses, wo im Kaminzimmer der Aperitif gereicht wird.

Wiebke schwankt bereits am Weg dorthin. Und doch

kommt sie nicht zu Fall, als sie in ihren zierlichen High Heels stolpert, denn etliche junge kräftige Männerarme sind zur Stelle, um sie aufzufangen. Zu ihrer großen Freude sind auch Tills Arme darunter.

3

Evandos dunkle Augen strahlen und er legt geheimnisvoll seinen Zeigefinger an die Lippen.

»Der Nachtisch ist eine Überraschung. Willst du ihn jetzt gleich oder lieber . . .«

»Zweiteres.« Sophie zieht ihn zu sich. »Lieber dich zuerst.«

»So ungeduldig?«

»Jaaaaaaa . . . und paranoid außerdem. Wie du weißt, habe ich Bereitschaft heute Abend – da kann man nie wissen, ob und wann ein Anruf kommt.«

»Verstehe . . .« Evando hebt sie hoch und trägt sie zum Bett. »Dein Wille ist mir Befehl.«

»Gut so«, gurrt Sophie und bedeckt ihn mit Küssen. Er war viel zu lange weg. Sie war viel zu lange allein. Nun ja, meistens.

Er öffnet ihre Bluse, und während sie die Berührung seiner Hände genießt, setzt das befürchtete aufdringliche elektronische Möwengeschrei ein, das einen dienstlichen Anruf ankündigt.

»Ach nee . . .«

Sie mag den Anruf gar nicht annehmen.

»Oberkommissarin Meerkatz. Was gibts? Aha. Und? Echt jetzt? So ein Mist. Wie? Nee, verstehe ich nicht. Noch mal von vorne, bitte.«

»Was ist los?«, fragt Evando, nachdem sie wieder

aufgelegt hat und kitzelt sie neckend am Hals. »Eine unliebsame Leiche?«

»Ja, aber offenbar erst in Vorbereitung. Da hat jemand einen Mord angekündigt. Auf einer Familienfeier.«

»Und was wird nun von dir erwartet? Alle dort festnehmen, damit es nicht zum Mord kommt?« Verspielt dreht er eine ihrer rötlich braunen Locken um seinen Finger.

»Vermutlich.« Sie lacht. »Nachsehen werde ich wohl auf jeden Fall müssen. Bist du noch da, wenn ich wieder komme?«

»Versprochen. Dein Dessert bekommst du, und auch, was du sonst noch möchtest. Egal, wann du wieder nach Hause kommst.«

* * *

Kommissarin Svenja Tades wartet bereits fröstelnd vor dem Bauernhof, auf dem sie mit ihrem Lebensgefährten wohnt. Um sich warmzuhalten, vollführt sie eine Art Gymnastik im Stand, sodass ihr strohblonder Pferdeschwanz nur so hin- und herschwingt. Sie beeilt sich, in den geheizten Dienstwagen zu steigen und reibt sich die Unterarme.

»Wo fahren wir hin?«

»Schloss Uelvesbüll«, antwortet Sophie, während sie wendet.

»Echt jetzt?« Ihre Augen beginnen zu leuchten.

»Ja, wieso? Kennst du die Leute dort?«

»Die kennt jeder. Also, vielleicht nicht in Berlin. Aber hier in Husum und Umgebung ist Schloss Uelvesbüll das Paradebeispiel für Luxus zum Quadrat! Die alte

Boekhoff, der das Anwesen gehört, ist *die Diamantenwitwe*. Sie hat ein Mega-Unternehmen von ihrem früh verstorbenen Ehemann geerbt und weiter ausgebaut. Edelsteine, hauptsächlich Diamanten. Import und Export.«

»Heißt die zufällig Adda?«, will Sophie wissen.

»Ja.«

»Dann handelt es sich um unser potenzielles Mordopfer.«

»Was?« Svenjas Augen weiten sich.

»Ja, wenn es nach dem anonymen Hinweisgeber geht, soll sie noch heute Nacht sterben.«

»Wie bitte?«

»Ich kann auch nur wiedergeben, was mir von der Zentrale berichtet wurde«, erläutert Sophie. »Ein Lieferant, der Getränke aufs Schloss brachte, fand eine Nachricht auf dem Beifahrersitz, dass er die Polizei informieren soll, weil jemand beabsichtigt, Adda Boekhoff heute Nacht auf ihrer eigenen Geburtstagsfeier zu ermorden.«

»Das glaub ich jetzt nicht. Ein Lieferwagenfahrer findet einen Zettel? Das kann sich doch bloß um einen Scherz handeln.«

»Möglich«, meint Sophie vage. »Wie sollen wir aus der Ferne beurteilen können, ob diese Drohung ernst gemeint ist oder nicht?«

»Was sagt unser Chef?«, hakt Svenja nach.

»Der sagt gar nichts. Er hebt nicht einmal ab.«

»Das wundert mich nicht. Nach allem, was Maike erzählt hat, steht heute Abend Versöhnungssex auf dem Programm.« Svenja kichert.

»Haben sie denn gestritten?«

»Fragst du mich das im Ernst? Maike redet doch seit Wochen über nichts anderes, als über die Putzfrau, die sie loswerden will.«

»Und der Rüde will sie behalten?«

»Genau. Du warst doch dabei, als sich Maike letzte Woche schon wieder über besagte Dame aufgeregt hat, weil die in halterlosen Strümpfen putzt.«

»Äh . . . ja, jetzt, wo du es erwähnst . . .«, muss Sophie zugeben.

Svenja schüttelt vorwurfsvoll den Kopf.

»Also Ermittlerin solltest du nicht werden . . .«

Mit einem Mal zeichnet sich im eisigen Nebel der Umriss von Schloss Uelvesbüll vor ihnen ab.

»Wow«, entfährt es Sophie beeindruckt.

»Jetzt weißt du, warum es jeder hier kennt. Schon als Kind wollte ich zu gerne dort oben mal Prinzessin spielen«, schwärmt Svenja.

»Nun, wenn das so ist, dann überlasse ich dir die Ehre, der Schlossherrin die Nachricht von ihrem bevorstehenden Ableben zu überbringen.«

4

Der Empfangsbereich vor dem Schloss ist üppig geschmückt und mit unzähligen Lichtern in einen Weihnachtstraum verwandelt worden. Schon die Zufahrt ist parkähnlich angelegt und vor dem herrschaftlichen Eingang prangt ein Springbrunnen, dessen Fontänen in wechselnden Farben in den Nachthimmel schießen. Alles erstrahlt in Gold, Silber und Eisblau.

Teure Autos stehen hier in Reih und Glied. Mangels einer Parklücke lässt Sophie den Dienstwagen einfach vor dem großen Eingangstor stehen.

»Das rechte Vorderrad steht auf dem roten Teppich«, flüstert Svenja besorgt.

Ihre Sorge ist nicht unbegründet. Ein großer breitschultriger Mann im schwarzen Anzug kommt bereits mit grimmigem Gesicht auf sie zu.

Sophie zieht ihre Dienstmarke.

»Oberkommissarin Meerkatz. Mit wem habe ich das Vergnügen?«

»Heiko Berg. Ich bin hier der Sicherheitschef.«

»Dann sollten Sie lieber die Frau Boekhoff im Auge behalten, statt hier den Parkplatz zu bewachen. Immerhin haben wir eine Morddrohung vorliegen.«

»Das ist mir bekannt. Ich darf Ihnen versichern, dass sich die Schlossherrin bester Gesundheit erfreut. Selbstverständlich sichern meine Leute das gesamte Areal.

Ich habe Sie hier erwartet, weil Sie bereits angekündigt wurden.«

Er macht eine überheblich wirkende Kopfbewegung zu einem uniformierten Pärchen, das gerade vom anderen Ende des Parkplatzes kommt.

»Ich habe Ihren Kollegen gestattet, sich hier draußen umzusehen«, setzt Berg in seinem affektierten Tonfall fort. »Sie werden Verständnis dafür haben, dass niemand ohne Einladung hinein darf.«

»Nicht?«, rutscht es Svenja enttäuscht heraus.

»Ich habe für alles Verständnis«, erklärt Sophie mit der gleichen Überheblichkeit. »Wenn die Frau Boekhoff drinnen nicht gestört werden will, dann soll sie eben einen Moment herauskommen.«

»Wie bitte?« Der Blick des Sicherheitschefs könnte ungläubiger nicht sein. »Wie war noch mal Ihr Name?«

»Meerkatz, Oberkommissarin.«

Berg notiert sich das.

»Sie hören dann von Ihrem Vorgesetzten.«

Ohne ein weiteres Wort dreht er sich um, geht wieder auf das riesige Tor zu und verschwindet im Inneren des Schlosses.

Die beiden Wachen in ihrer mittelalterlich wirkenden Uniform kreuzen hinter ihm die Lanzen.

Sophie sieht ihm verblüfft hinterher. Auch Svenja fehlen die Worte. Eine Weile starren sie unschlüssig auf die gekreuzten Lanzen.

»Mist«, motzt Svenja. »Ich hatte mich echt schon auf das Schloss gefreut. Ich war da noch nie drinnen.«

»Hmm.« Sophie steckt grimmig die Hände in die Hosentaschen, als plötzlich aufdringliche Möwenschreie aus ihrer Jackentasche ertönen.

»Scheint, als ob der Rüde sein Schäferstündchen unterbrochen hat«, witzelt Svenja.

»Ja . . . oder auch nicht«, korrigiert sie sich, als ihr Blick auf das Display fällt.

»Meerkatz . . . ja, natürlich. Klar. Ich verstehe. Wenn Sie das sagen . . . okay, danke für die Info.«

Sie legt auf und sieht Svenja verärgert an.

»Das war nicht der Rüde, das war unser Dienststellenleiter. Der Petersen hat unseren lieben Chef ebenfalls nicht erreicht, weswegen er mich persönlich angerufen hat, um mir auszurichten, dass wir uns von hier verpissen sollen.«

»In diesen Worten?«, gluckst Svenja amüsiert.

»Nein, in wohlgesetzten, aber trotzdem, wir sollen hier verschwinden und die Kollegen von der Streife ebenfalls.«

»Und die Morddrohung?«

»Ist angeblich ein Scherz. Nicht nur der Sicherheitschef, sondern auch der Anwalt der alten Boekhoff haben versichert, dass sie sich bester Gesundheit erfreut.«

»Schade . . .« Svenja wirft einen letzten Blick auf das weihnachtlich funkelnde Schloss. Erst jetzt bemerkt sie Sophies gerunzelte Augenbrauen. »Ich meine, schade, dass wir nicht hineindürfen.«

Auf dem Rückweg hängen sie beide ihren eigenen Gedanken nach. Sophie, die fährt, ist ohnehin mit der eisigen Straße beschäftigt.

»Wenigstens können unsere Kollegen ihren Samstagabend genießen«, sagt Svenja plötzlich.

»Wie meinst du das jetzt?«

»Nun, so gern ich die Maike mag, aber wenn jemand die Adda Boekhoff umgebracht hätte, müssten wir eine Streife schicken, die den Rüden von ihr herunterpflückt.«

Auch Sophie muss nun lachen. »Und was genießt der Jasper?«

»Hab ich dir das nicht erzählt? Er hat heute sein erstes

Date mit der Astrid. Die ist Kellnerin in der Bowling-Halle. Wollen wir noch auf einen Drink zum Hafen, dann erzähle ich dir, welche Tipps ich ihm gegeben habe.«

»Normalerweise gern«, schmunzelt Sophie. »Aber nicht heute. Evando wartet zu Hause auf mich. Mit Tiramisu.«

»Oh!« Svenjas Blick ist so richtig neidisch. »Okko schläft sicher schon, wenn ich heimkomme. Das ist der Nachteil, wenn du mit einem Landwirt lebst. Er steht um vier auf und geht um acht wieder schlafen.«

5

Für das Essen ist im großen Prunksaal gedeckt und nach dem Vorglühen auf der Terrasse und dem ausgiebigen Aperitif im Kaminzimmer wackelt und wankt die illustre Gesellschaft der aufwendig dekorierten Tafel entgegen.

So manches Dekolleté ist bereits ein wenig verrutscht und so manche Hand gleitet dank der alkoholinduzierten Enthemmtheit unter teuren Stoff.

Die erste schallende Ohrfeige erhält Ulf Krayenberg, der achtundsiebzigjährige Leibarzt der Jubilarin. Und zwar von Bonna.

»Behalte diese knöchernen Finger bei dir, sonst breche ich sie dir einzeln!«, zischt sie ihm zu.

Ein Lächeln huscht über seine rot glühende Wange, als er seine Brille wieder gerade rückt.

»Verzeihung, meine Liebe«, flüstert er und versenkt bei der nachfolgenden Verbeugung seine Nase in ihrem Dekolleté.

Mit bösem Blick wendet sie sich von ihm ab und ihrer Mutter zu.

»Wie ist die Tischordnung, Mama? Wenn du mich neben diesen notgeilen Bock gesetzt hast, müssen wir tauschen.«

Adda mustert ihre Tochter mit schweren Lidern.

»Willst du lieber wieder im Stall essen? So wie letztes Jahr, als wir die neuen Hengste bekamen?«

»Mama!«

»Entschuldige, mein Engel, du warst wegen des neuen Stallburschen dort, nicht wahr? Und nicht wegen der Hengste ... ich werde eben auch schon alt ...«

»Hexe«, zischt Bonna und eilt voraus, um die Tischkarten auf der Tafel zu inspizieren. Nachdem sie mit ihrem Tischpartner zufrieden ist, tauscht sie schnell die Kärtchen im Umfeld ihrer Töchter, um die reichsten unter den männlichen Gästen eben dort zu platzieren.

Wiebke wird von ihrem Cousin Jan hereingeführt, der sie galant bis zu ihrem Platz bringt. Doch ihre Augen suchen Till. Unter all den Anwesenden ist er der Einzige, der sie interessiert. Ihr Herz macht einen Sprung, als sie entdeckt, dass er laut Kärtchen ihr Tischnachbar sein wird.

Nachdem alle ihre Plätze eingenommen haben und der Erste bereits vom Stuhl gefallen ist, beginnt das Personal, die Getränke zu servieren.

Noch vor dem ersten Gang schlägt Heinz Hegel, der Sitznachbar der Jubilarin und der Einzige, der noch älter ist als sie, einen Löffel gegen sein Glas. Augenblicklich tritt Ruhe ein und alle Augenpaare richten sich auf das Geburtstagskind.

Adda schwenkt ihren hoheitsvollen Blick über die voll besetzte Tafel. »Lassen wir die großen Worte. Ihr seid alle da, ihr kennt den Hausbrauch, niemand erbricht in die Blumenvasen. Ansonsten wünsche ich euch viel Spaß.«

Die Gesellschaft lacht und der Reihe nach schießen Hände in die Höhe.

»Einen Toast auf die Jubilarin!«

Adda deutet mit dem Zeigefinger ein dezentes *Nein*.

»Zuerst die Vorspeise. Niemand will mit leerem Magen Reden hören!«

Die Gesellschaft lacht neuerlich.

Auch Wiebke lacht. Laut und ordinär, wie ihre Mutter schimpfen würde. Doch Till, der nun neben ihr Platz genommen hat, ist davon angetan. Und darauf kommt es schließlich an. Ihre Mutter sitzt ohnehin ein gutes Stück entfernt und sieht außerdem aus, als ob sie bereits am Tisch eingeschlafen wäre.

»Was meinst du, singen wir für Oma ein Ständchen?«, flüstert Till, während seine Hand unter dem Tisch ihren Oberschenkel entlangstreicht.

»Hihihihi«, kichert Wiebke. »Du meinst hier vor allen Leuten?«

»Ist doch besser als so 'ne olle Rede. Wir machen eine Karaoke-Einlage, das gefällt der Alten sicher. Wer weiß, vielleicht bringt es uns einen extra Bonus im Testament? Ich meine, sieh es mal so: Sie ist achtzig – das könnte ihre letzte Party sein.«

»Tolle Idee«, ist Wiebke sofort Feuer und Flamme und beginnt neuerlich zu kichern.

Als der Nachtisch serviert wird, hält sich Tamme den Bauch.

»Oh Mann«, stöhnt er, »noch einen Bissen und mir springt der Knopf von der Hose ab.«

Yalene neben ihm antwortet nicht. Sie hat zwar die Augen wieder geöffnet, betrachtet aber den funkelnden Kristallluster auf eine Art, als ob die Lichter wie Planeten an der Decke kreisen.

Sein Blick fällt auf Barnd, der mit beherztem Appetit Beluga Kaviar aus einer Silberschale löffelt. Trotzdem ist sein Bruder deutlich schlanker, und wenn man der blonden Schönheit an seiner Seite glauben darf, mangelt es ihm auch nicht an Manneskraft.

Die Welt ist ungerecht, befindet Tamme, während er

versucht, Yalenes Kopf in eine einigermaßen unauffällige Position zu rücken. Seine Augen suchen Wiebke. Er möchte ihr ein Zeichen geben, dass ihre Mutter möglichst rasch nach Hause gebracht werden muss.

Doch sie sitzt nicht mehr an ihrem Platz. Sosehr er sich auch den Hals verrenkt, seine Tochter ist nirgendwo zu sehen.

Seit ihrer Gesangseinlage mit Till hat er sie keine Sekunde aus den Augen gelassen. Er muss zwar zugeben, der Auftritt ist ihr gelungen und hat auch das Geburtstagskind amüsiert, jedoch sprach die Chemie zwischen ihr und ihrem Cousin Bände. Das waren hocherotische Vibes, wie Yalene sagen würde, welche allerdings dank ihres Pillencocktails die Showeinlage verpennte.

Das sind bereits zwei gute Gründe, das Fest so rasch wie möglich zu verlassen, befindet Tamme. Doch Wiebke bleibt verschwunden. Und ihr Cousin Till mit ihr.

Verdammt, wo steckt sie bloß? Seine Verzweiflung steigt, als er bemerkt, dass Yalene Sabber aus dem hängenden Mundwinkel tropft.

Während er mit einer Damast-Serviette die Mundpartie seiner Frau trocken tupft, gibt es ein paar Stühle weiter einen dumpfen Aufschlag. Gleich darauf kreischt Ulf Krayenberg mit seiner krächzenden Stimme nach einem Arzt.

»Bist du doch selber«, entgegnet der Anwalt neben ihm, was jedoch Krayenbergs Kreischen bloß verstärkt.

Erst jetzt fällt Tamme auf, dass von der Jubilarin, die zwischen den beiden saß, nichts mehr zu sehen ist. Dafür schreit sie nun in einer Lautstärke, die sämtliche Gäste zusammenfahren lässt. Schwerfällig erhebt er sich und nach wenigen Metern hat er genug Sicht, um seine Mutter auf dem edlen Holzboden zu erkennen. Sie krümmt sich wie verrückt und ihre Beine zucken.

Adda Boekhoff, die ihr Leben lang ein Vorbild für Perfektion und Contenance war, schreit wie ein verletztes Tier. In seinem ganzen Leben hat er noch nie so ein schmerzverzerrtes Gesicht gesehen. Die ehemals klaren, harten Augen sind nach oben verdreht, die Lider flattern und es bilden sich Schaumblasen vor ihrem Mund.

Fasziniert bleibt Tamme stehen und sieht ihr bei ihrem Todeskampf zu.

6

Sophie sinkt erschöpft, aber glücklich in ihre Kissen.

»Jetzt ist die perfekte Zeit für das Dessert!«

»Bist du sicher? Wir können gerne noch eine zweite Runde einlegen.« Evando grinst über das ganze Gesicht.

»Gut zu wissen!« Sie schmunzelt und steckt sich ihre Locken hinter die Ohren. »Aber erst das Tiramisu. Sex macht mich hungrig.«

Sie blickt ihn mit einem auffordernden Augenaufschlag an.

»Okay, ich hole dir eine Portion.«

»Guuuut.«

Kaum ist Evando aus dem Bett, kommt Otello angeschlichen und rollt sich neben ihr auf den Rücken. *Kraul mich*, heißt das übersetzt und Sophie bringt es nicht übers Herz, den kleinen schwarzen Kater mit den weißen Pfoten vom Bett zu schubsen, wie Evando es vorhin schon mindestens fünfmal gemacht hat.

Sie streichelt ihn und er schnurrt. Als ohne Vorwarnung das Kreischen der Möwen aus ihrem Diensthandy dringt, springt er erschrocken hoch.

Sie seufzt und wirft gottergeben einen Blick aufs Display. Dienststellenleiter Petersen. Schon wieder.

»Meerkatz.«

»Stellen Sie sich vor, liebe Kollegin, nun ist die alte Adda Boekhoff tatsächlich verstorben.« Seine Stimme klingt nun deutlich aufgeregter als bei seinem letzten Anruf.

»Tatsache?« Sophie schüttelt ungläubig den Kopf.

»Ja. Ist das nicht seltsam?«

»Schon. Und woran?«

»Weiß man noch nicht. Der Sicherheitschef von Schloss Uelvesbüll hat mich soeben angerufen. Angesichts der Umstände möchte er so gut wie möglich kooperieren.«

»Ach«, meint Sophie lapidar, während sie denkt, dass dem guten Herrn Berg wohl gerade der Arsch auf Grundeis geht. Jetzt, nachdem feststeht, dass er seine Chefin doch nicht vor dem Tod beschützen konnte.

»Was meinen Sie mit *ach*?«, fragt Petersen irritiert.

»Nichts. Ich kümmere mich um die Sache. Bin schon unterwegs.«

»Danke. Ähem, Frau Meerkatz, es ist mir nicht gelungen, Hauptkommissar Thomsen zu erreichen. Bei einem Fall dieser Tragweite hätte ich gerne das gesamte Team vor Ort.«

»Selbstverständlich. Ich werde ihn persönlich informieren.«

»Danke.« Petersen klingt erleichtert. »Dann verständige ich Kriminaldirektor Paulsen.«

Evando zieht eine bedauernde Grimasse, als er Sophie eine Portion Tiramisu überreicht.

»Ich kann es auch für dich kaltstellen.«

»Und mich hungrig zu einem Tatort schicken?« Mit gespielt vorwurfsvollem Blick schnappt sie sich eine Dessertgabel. »Toter als tot kann sie nicht werden, die alte Lady. Da spielen fünf Minuten keine Rolle.«

* * *

Nachdem Sophie ihre Kollegin neuerlich aufgelesen hat, steuert sie Thomsens Wohnadresse an. Auf dem Weg versucht Svenja, den Hauptkommissar telefonisch zu erreichen.

»Keine Chance«, meint sie schließlich resignierend. »Vermutlich hat Maike sein Diensthandy abgeschaltet.«

»Dann werden wir ihn eben herausklingeln«, erklärt Sophie, während sie vor dem Haus ihres Chefs einparkt.

»Leider«, stimmt Svenja zu und stapft fröstelnd Richtung Hauseingang.

»Ich verständige Jasper«, ruft Sophie ihrer Kollegin hinterher und beobachtet deren Bemühungen durch das Wagenfenster.

Etliche Minuten vergehen, bis sich an einem der oberen Fenster Vorhänge bewegen.

Svenja wedelt mit beiden Armen. Nach weiteren Minuten öffnet ein verstrubbelter Thomsen die Haustür einen Spaltbreit.

»Was ist los? Ist der Polizeipräsident höchstpersönlich verstorben?«

»Nein. Die Diamantenwitwe.«

»Die alte Boekhoff?«

»Ja.«

»Na ja, das musste mal kommen, die ist doch schon neunzig oder so?«

»Achtzig.«

»Eben. Ist doch ein schönes Alter, um . . .«

». . . ermordet zu werden?« Svenja sieht ihren Chef provokant an.

»Ermordet?«

»Scheint so. Wir sind auf dem Weg zum Schloss.« Sie deutet in Richtung Dienstwagen. »Der Petersen rotiert bereits um seine eigene Achse – er hat mehrmals versucht, dich zu erreichen.«

»Ach. Hat er?« Thomsen fährt sich mit allen zehn Finger durch sein zerzaustes Haar. »Okay, das wird wohl ein ganz großer Bahnhof. Fahrt ihr schon mal vor, ich muss mich noch etwas in Schale werfen. Ich komme gleich nach.«

»Okay, Chef.«

»Und nehmt Jasper mit.«

»Den habe ich bereits verständigt. Er ist auf dem Weg.«

7

»Oh ... wow!« Sophie ist froh, dass Svenja nun am Steuer sitzt, denn so kann sie dieses Mal vom Beifahrersitz aus die beeindruckende Kulisse des Schlosses bewundern.

Bloß die Einsatzfahrzeuge, die, wie bunt hingewürfelt, hier herumstehen, stören die Idylle.

Diesmal stürmt der Sicherheitschef mit bestürztem Gesichtsausdruck auf sie zu.

»Es ist eine Katastrophe, wir wissen nicht, was passiert ist. Die Familie ist völlig verstört und die Gäste ... einige sind so sensationslüstern, das glaubt man kaum, andere sind bereits mit dem Taxi auf und davon ...«

Heiko Berg, der zwei Meter große Hüne, vorhin die Arroganz in Person, ist so aufgelöst, dass Sophie kurz versucht ist, ihm über den Arm zu streichen und *ist ja gut, ich bin ja jetzt da* zu sagen.

Stattdessen verlangt sie mit knappen Worten die Tote zu sehen.

In der Eingangshalle atmet sie erst einmal durch. Alles hier ist so prachtvoll. Zwei geschwungene Treppen führen in die obere Etage, die eindeutig das Zentrum des gesellschaftlichen Lebens darstellt. Ihr Kollege Kommissar Hinrichs, der dort auf sie wartet, wirkt inmitten des Prunks völlig deplaziert.

Sie folgen Heiko Berg durch einen riesigen Ballsaal, der sensationell aufwendig und teuer dekoriert ist.

Trotzdem wirkt er trist, da jegliche Musik fehlt. Die Gäste stehen verunsichert in Gruppen zusammen, während die Bandmitglieder rauchend auf ihren Boxen hocken.

Im nächsten nicht minder prachtvoll ausgestatteten Raum fand offenbar das Dinner statt. Auch hier ist eine allgemeine Ratlosigkeit zu spüren, wenngleich eine gewisse Betriebsamkeit der Bediensteten vorherrscht.

Blutjunges Personal beiderlei Geschlechts ist emsig dabei, das benutzte Geschirr mit großen Tabletts abzuservieren.

»Wo ist es passiert?«, fragt Sophie, die bereits eine böse Vorahnung in sich aufkeimen spürt.

»Hier.« Berg deutet auf den Vorsitz der ausladenden Tafel. »Adda Boekhoff saß hier, als sie plötzlich . . .«

Sophie sieht sich um. Eine Leiche liegt hier nicht.

»Wo ist sie jetzt?«

»Dr. Krayenberg sorgte dafür, dass sie ins Nebenzimmer gebracht wurde, nachdem sie zu Boden fiel und krampfte . . .«

Er öffnet eine unscheinbare Tür in der Wandvertäfelung und macht eine einladende Geste.

Doch Sophie bleibt stehen und greift nach dem Tischmikrofon, das sie auf dem Platz der Jubilarin entdeckt hat. Sie schiebt den kleinen Schalter auf *on* und räuspert sich.

»Können mich alle hören? Hier spricht Oberkommissarin Sophie Meerkatz von der Kriminalpolizei in Husum. Wir wurden über einen ungeklärten Todesfall informiert. Möglicherweise ist dieser Raum ein Tatort. Um nicht noch mehr Spuren zu zerstören, ersuche ich Sie, Ihre Tätigkeit sofort einzustellen. Das betrifft vor allem das Personal. Lassen Sie alles stehen und liegen, tragen Sie nichts mehr weg, machen Sie nichts mehr sauber. Mein Kollege, Kommissar Jasper Hinrichs, wird nun im Ballsaal nebenan Ihre Personalien aufnehmen. Bitte geben Sie unbedingt an, ob Sie etwas zum Todesfall wissen oder in der Nähe waren, als es passierte. Wir werden ehestmöglich ausführlich mit Ihnen sprechen.«

Nachdem sie das Mikrofon wieder ausgeschaltet hat, wendet sie sich an ihre Kollegen.

»Jasper, du nimmst das Personal, Svenja, du die Gäste. Wer glaubt, etwas beitragen zu können, soll bleiben, die engste Familie *muss* bleiben.« Sie sieht nun Svenja eindringlich an. »Frag die Leute auch nach privaten Fotos oder Videos. Viele machen Schnappschüsse bei solchen Events. Und niemand, der potenziell erbt, geht irgendwohin, ist das klar?«

»Natürlich.« Svenja strafft ihre Schultern und steuert mit ihrer allerdienstlichsten Miene auf den nächststehenden festlich gekleideten Gast zu.

Jasper hebt seinen Notizblock in die Höhe und quert den Raum Richtung Ballsaal.

»Alle, die auf der Gehaltsliste stehen, folgen mir bitte.«

Sophie sichert nun den Essbereich der Verstorbenen, indem sie einen uniformierten Kollegen zur Bewachung desselben verdonnert. Zusätzlich schießt sie ein Foto von Gläsern und Tellern mit ihrem Handy.

Dann erst betritt sie den Nebenraum, in dessen Mitte die Leiche des Geburtstagskindes liegt. Adda Boekhoffs exquisites Designer-Kleid ist im Brustraum aufgerissen, ihr BH auf den Bauch hinabgerutscht. Pads kleben auf ihrer Haut und Kabel führen zu einem grellgelben Gerät, das danebensteht.

»Defi?«

»Ja«. Ein alter Mann mit verweintem Gesicht reicht ihr die Hand zur Begrüßung. »Ich bin Dr. Krayenberg, ich war nicht nur jahrelang Addas Arzt, sondern auch ihr engster Vertrauter. Wir haben alles versucht, aber es war nichts zu machen.«

Sophie registriert, dass sich seine Augen neuerlich mit Tränen füllen.

»Was vermuten Sie?«, fragt sie den Arzt geradeheraus. Augenblicklich wird er sichtlich nervös. Er wirft einen Seitenblick auf den Mann neben ihm.

»Darf ich vorstellen, das ist Dr. Heinz Hegel, Addas Anwalt. Wir haben beide gehört, wie sie plötzlich über den Magenbitter schimpfte – gleich, nachdem sie ihn auf Ex gekippt hatte. Er wäre scharf und bitter und mache ihr den Mund taub. Dann fing sie an, sich vor Schmerzen zu krümmen. Keinesfalls möchte ich mir anmaßen, eine, wenn auch nur vermutete, Einschätzung abzugeben, was ihr passiert sein könnte.«

»Verstehe«, murmelt Sophie, die das gezierte Gestammel für sich in *ich werde mir neben dem Anwalt nicht den Mund verbrennen* übersetzt.

»Unser Leichenbeschauer wird ohnehin jeden Moment eintreffen. Wer war denn bei ihr, als sie den Magenbitter trank?«

»Nun, wir beide eigentlich«, übernimmt nun Heinz Hegel das Wort. »Wir sind wirklich alte Freunde, Ulf saß links von ihr und ich rechts.«

»Stimmt genau«, bestätigt Krayenberg. »So war es seit vielen Jahren. Ihren Rechtsbeistand wollte sie immer an ihrer rechten Seite haben. Sie war überzeugt, das müsse so sein.«

»Aber ich habe ebenfalls von dem Magenbitter getrunken«, erklärt Hegel. »Und Ulf auch. Der war wie immer«.

Plötzlich schwingt eine Terrassentüre auf und ein Windstoß fegt durch den Raum. Ein beleibter Mann schiebt sich fröstelnd herein.

»Ah, ist endlich jemand von der Polizei hier? Nun,

dann stellen Sie bitte fest, dass meine Mutter eines natürlichen Todes gestorben ist, damit wir uns alle wieder beruhigen können.«

»Das würde dir so passen!«, schimpft eine in die Jahre gekommene üppige Blondine, die hinter ihm in den Raum drängt und deren Dekolleté gerade noch als jugendfrei durchgeht. »Wir wissen alle, dass es dir nicht schnell genug gehen konnte, Mama in einen Sarg zu bekommen«, wirft sie ihm vor und baut sich nun in voller Größe vor Sophie auf.

»Ich bin Bonna Boekhoff, die einzige Tochter meiner plötzlich verstorbenen Mutter, und ich bestehe auf eine gewissenhafte Untersuchung.«

Der Beleibte neben ihr schnappt bei diesen Worten so empört nach Luft, das Sophie befürchtet, seine Hemdknöpfe würden dem Druck des aufgeblähten Bauches nicht standhalten und wie Geschosse nach vorne weggesprengt werden.

Dr. Krayenberg fühlt sich bemüßigt, schlichtend einzugreifen. »Darf ich vorstellen, das ist Tamme Boekhoff, der älteste Sohn von Adda Boekhoff und nunmehriger Herr des Hauses.«

»Danke«, erwidert Sophie schlicht und wendet sich sogleich an selbigen. »Herr Boekhoff, ist es Ihnen möglich, dafür zu sorgen, dass die engste Familie und die engsten Freunde vorerst hier am Schloss bleiben können, sodass wir mit unseren Ermittlungen schneller vorankommen?«

»Wie . . . Sie meinen, wir sollen hier alle zusammen wohnen?« Die Absurdität des Ansinnens steht ihm ins Gesicht geschrieben.

»Nun, es gibt doch wohl schöne Gästezimmer in diesem Schloss . . .«

»Sehr richtig«, unterbricht Bonna und sieht ihren

Bruder triumphierend an. »Selbstverständlich kommen meine Töchter und ich Ihrer Bitte sehr gerne nach. Hilke, richten Sie uns die Suiten im Westflügel – und zwar die großen!«

Wie auf Kommando richten sich nun alle Augen auf eine hagere, unscheinbare Person, die mit verweintem Gesicht in einer Ecke des Raumes steht.

»Das ist Hilke Brunken, die Hausdame«, übernimmt Dr. Krayenberg wieder die Vorstellung. »Sie ist der gute Geist des Hauses.«

»Meinetwegen«, brummt nun auch Tamme Boekhoff. »Dann bleiben wir eben.« Als er sich seiner Schwester zuwendet, schleicht sich ein boshaftes Lächeln auf sein Gesicht. »Vielleicht auch gleich für immer.«

8

Sophie würde sich am liebsten die Ohren zuhalten und gleichzeitig so laut wie möglich schreien. Denn von dem Moment an, als der zweite Sohn der Verstorbenen das Zimmer betritt, fangen die drei Geschwister um die besten Suiten im Schloss zu streiten an.

Und hören nicht mehr damit auf.

Zweimal hat Sophie bereits erfolglos versucht, die Sprache auf ein anderes Thema zu lenken, doch die drei sind auf eine Art verbohrt, dass sie mit Vernunft nicht weiterkommt.

Zum ersten Mal in ihrem Leben wartet sie sehnsüchtig auf ihren Chef. Doch zu ihrem Leidwesen ist es der Leichenbeschauer, Dr. Aiko Emmermann, der nun, flankiert von Heiko Berg, den Raum betritt.

Er stellt sich untertänigst bei allen Anwesenden vor, bevor er einen Blick auf die Leiche wirft. Lediglich Sophie ignoriert er geflissentlich.

Tamme Boekhoff wittert seine Chance.

»Herr Doktor, Sie müssen wissen, meine Mutter war schon achtzig, ganz bestimmt war die ganze Aufregung rund um ihren Geburtstag schlecht für ihr Herz.«

»Das ist möglich«, stimmt Emmermann zu.

»Dann können Sie also einen Herzinfarkt bestätigen? Das wäre eine große Erleichterung, denn uns wurde bereits mit Ermittlungen gedroht . . .« Er wirft einen bösen Blick in Sophies Richtung, was bei Emmermann sofort ein hämisches Grinsen auslöst.

»Also ein Herzinfarkt kommt in diesem Alter wirklich sehr häufig vor«, flötet er zuckersüß, während er der Leiche mit einer kleinen Taschenlampe in die Augen leuchtet.

»Aber zur Sicherheit machen wir noch einige Tests«, dröhnt es von der Tür her. Hauptkommissar Thomsen steht da und Emmermann beeilt sich hinzuzufügen, dass er genau das soeben selbst sagen wollte.

»Eine genaue Untersuchung ist nämlich unerlässlich, um der Wahrheit Genüge zu tun«, fügt er ernsthaft hinzu und steckt die kleine Lampe wieder in seine Tasche zurück.

»Eine genaue Untersuchung? Sie meinen eine Autopsie?«

Weil Emmermann bloß noch zu Boden starrt, richtet Tamme Boekhoff nun seinen Zorn auf den Hauptkommissar und tritt ihm mit seiner ganzen Leibesfülle in den Weg.

»Sie wollen sie aufschneiden?«, ist nun auch Barnd Boekhoff empört und stellt sich an die Seite seines Bruders.

Thomsen stemmt die Hände in die Hüften und nickt seiner Oberkommissarin aufmunternd zu.

»Ja«, sagt Sophie nun mit Bestimmtheit. »Da führt kein Weg dran vorbei. Wir wurden nämlich bereits vorab über den geplanten Mord an Ihrer Mutter informiert.«

* * *

Nach dieser Eröffnung hat der Hauptkommissar eine Weile zu tun, die erhitzten Gemüter wieder zu beruhigen. Nicht nur die Geschwister Boekhoff, auch der Anwalt und der Leibarzt richten ihre Fragen nun gleichzeitig an die Ermittler und den Sicherheitschef.

Letzterer versucht, sich verzweifelt zu rechtfertigen, was spätestens in dem Moment misslingt, als Sophie den Zettel aus der Tasche zieht, den der Fahrer des Lieferwagens, nach der Zustellung der Getränke, am Beifahrersitz gefunden hat.

Thomsen sorgt schließlich für Ruhe, indem er in den Raum plärrt, sämtliche Vertreter der Rundfunk und Fernsehstudios, die sich mittlerweile rund um den Springbrunnen am Eingang versammelt haben, ins Schloss zu lassen, wenn die Anwesenden nicht augenblicklich ihre Klappen halten.

In der wohltuenden Stille danach übernimmt er wie selbstverständlich das Kommando und geht dabei nicht gerade zimperlich mit den Erben, Freunden und Bediensteten der Verstorbenen um.

»Solange Sie kooperieren, befragen wir sie hier. Tun Sie das nicht, laden wir Sie in die Polizeiinspektion vor.«

Als Tamme aufbegehren will, unterbricht ihn Thomsen schon im Ansatz. »Sie sind der älteste Sohn, nicht wahr?«

»Richtig.«

»Dann beginne ich gleich mit Ihnen.«

»Wir unterhalten uns ebenfalls«, erklärt Sophie und sieht Barnd und Bonna auffordernd an. »Wer möchte zuerst?«

»Ich«, drängt Bonna sich sofort in den Vordergrund. »Und diese beiden«, sie deutet auf Hegel und Krayenberg, »sollten Sie auch genau unter die Lupe nehmen. Die haben sich nämlich wie die Maden im Speck im Geldbeutel meiner Mutter gesuhlt.«

9

Nachdem Tamme Boekhoff den Hauptkommissar in einen Raum geführt hat, den er als Teezimmer bezeichnet, steht er dort ein wenig unschlüssig herum und starrt aus dem Fenster.

Thomsen setzt sich auf einen der gut gepolsterten Stühle, die rund um einen Tisch aus erlesenem Holz platziert sind.

Es ist ein hübsches Zimmer, mit einem Erker und einem traumhaften Ausblick auf den Park, und Thomsen muss zugeben, dass man hier ganz wunderbar Tee trinken könnte, sofern jemand einen servieren würde. Aber soweit er die Situation hier im Schloss bis dato einschätzen kann, ist das Personal mehr erschüttert als die Familie.

»Dann erzählen Sie mal«, eröffnet er das Gespräch und stellt demonstrativ das Aufnahmegerät auf den Tisch.

»Was denn genau?«

Der beleibte Hausherr löst sich von der Fensterfront und nimmt seinen Gesprächspartner ins Visier.

»Alles. Von Anfang an.«

»Wozu soll das gut sein?« Boekhoff verschränkt die Arme und bleibt vor Thomsen stehen.

»Damit wir wissen, wie der Abend aus Ihrer Sicht verlaufen ist. Es ist doch gleichermaßen in Ihrem wie in unserem Interesse, dass wir Sie möglichst rasch von der

Verdächtigenliste streichen können.«

»Steh ich denn da drauf?« Boekhoff verengt seine speckigen Augen zu Schlitzen.

»Erben Sie das Schloss, die Firma und das gesamte restliche Vermögen?«

»Davon gehe ich aus. Gemeinsam mit meinen Geschwistern natürlich.«

»Sehen Sie?«

»Also hören Sie mal, so eilig habe ich es damit nun auch wieder nicht. Meine Mutter war achtzig. Kein Mensch lebt ewig. Warum sollte ich alles riskieren, um ein paar Jahre früher ans Ruder zu kommen? Immerhin sitze *ich* schon jetzt im Aufsichtsrat.«

»Sie betonen das so, als ob Sie mir damit sagen wollen, dass Ihre Geschwister nicht im Aufsichtsrat sitzen.«

»Nicht in der Holding. Bonna hat einen Stuhl in der Exportfirma, und Barnd, na ja, der hätte gern einen irgendwo.«

»Und Sie?«

»Wie ich schon sagte, bin ich im Aufsichtsrat der Holding und auch im Import.«

»Wer ist sonst noch in das Unternehmen eingebunden?«

»Nun, Bonna mischt im Export mit, dort hat sie auch ihre Töchter untergebracht – wann immer diese arbeitsfähig sind, gehen die beiden als Aufputz mit Kunden essen. Natürlich nur mit solchen, die an einer leichten Unterhaltung interessiert sind.«

»Natürlich«, brummt Thomsen und denkt sich seinen Teil. »Und Ihre Gattin?«

»Yalene?« Ehrliche Verblüffung spiegelt sich auf Boekhoffs Gesicht. »Meine Frau hat es nicht nötig zu arbeiten. Sie hat reich geheiratet.«

»Verstehe. Haben Sie Kinder?«

»Eine Tochter. Wiebke.«

»Arbeitet sie ebenfalls im Familienunternehmen?«

»Nein. Sie ist erst letzte Woche achtzehn geworden und geht noch zur Schule.«

»Schön. Dann erzählen Sie mal, wie Sie den heutigen Tag erlebt haben und ob Ihnen irgendetwas aufgefallen ist.«

Tamme Boekhoff zuckt nun unwillig mit den Schultern. »Ich weiß nicht, ich sollte vielleicht auf meinen Anwalt warten.«

»Falls Sie befürchten, sich in irgendeiner Art selbst zu belasten, würde ich das empfehlen. Ist der im Nebenraum anwesende Advokat Ihrer Mutter vielleicht eine Option?«

»Der Hegel? Der alte Rollmopsfresser? Nee, danke, es gibt ohnehin nichts zu sagen. Wir kamen mit dem Wagen und trafen kurz vor drei ein. Bis um fünf standen wir uns die Beine bei Minusgraden auf der Terrasse in den Bauch, weil mein Bruder Barnd mit dieser fürchterlich kitschigen Kutsche einen großen Auftritt hinlegen musste. Das ist seine Art, um Mamas Aufmerksamkeit zu buhlen . . .«

»Eine Kutsche?« Thomsen zieht die Augenbrauen hoch.

»Ja, mit sechs weißen Pferden. Sie finden auch, dass das ein bescheuertes Geschenk für eine Achtzigjährige ist, nicht wahr?«

Thomsen, der für sich denkt, dass dies im Hinblick auf jedes Alter völlig meschugge ist, zuckt lediglich mit den Schultern.

»Wie verlief der Abend dann weiter?«

»Wir nahmen den Aperitif im Kaminzimmer, wo die Ersten bereits aus den Latschen kippten, und begaben uns danach zum Dinner in den großen Speisesaal.«

»Wie viele Personen waren eingeladen?«

»Unterschiedlich. Zum Empfang sicher dreihundert,

zum Dinner vielleicht siebzig.«

»Haben Sie gesehen, wie es kam, dass Ihre Mutter plötzlich verstarb?«

»Nein. Meiner Frau ging es nicht so gut, sie klagte über Übelkeit, und ich wollte deshalb frühzeitig wieder nach Hause zurückkehren. Aber Wiebke saß nicht an ihrem Platz, also suchte ich mit den Augen den Raum nach ihr ab. Und plötzlich hörte ich den alten Krayenberg schreien. Und einen Plumps. Oder umgekehrt. Könnte sein, dass der Plumps vorher war. Als ich hinzukam, haben die beiden Alten, der Hegel und der Krayenberg, meine Mutter bereits betreut. Sie krümmte sich und schrie entsetzlich. Ich schlug vor, sie ins Nebenzimmer zu bringen. Dort hat der Krayenberg ihr das Kleid über der Brust zerrissen und nach dem Defi gebrüllt.«

»Und weiter?«

»Nichts weiter. Da war nichts mehr zu machen. Sie hatte blutigen Schaum vor dem Mund und ihre Beine haben gezuckt, dann wurde sie blau im Gesicht und plötzlich war alles vorbei.«

»Wer war noch dabei?«

»Barnd natürlich, er muss sich ja immer in den Vordergrund spielen, und Bonna. Sonst nur der alte Rollmopsfresser und der Krayenberg.«

»Niemand vom Personal?«

»Äh . . . da hab ich nicht drauf geachtet, die sind ja ständig da.«

Thomsen schüttelt beinahe ungläubig den Kopf. »Hab ich Sie richtig verstanden, dass Sie die Bediensteten nicht als individuelle Menschen wahrnehmen?«

»Also, Vorhaltungen dieser Art verbitte ich mir«, empört sich Boekhoff. »Ich nehme mein Personal sehr wohl wahr. Aber das hier ist Mamas.«

»Ach so, ja dann.« Thomsen nickt bedächtig. »Wer war

denn ständig um Ihre Mutter 'rum, wissen Sie Namen?«

»Klar. Ihr Butler, der Bleeker, und ihre Hausdame, die Hilke Brunken.«

»Wer hat ihr das Essen und die Getränke serviert?«

»Normalerweise macht das immer der Bleeker, aber bei so einem großen Empfang ist sehr viel mehr Personal dabei. Denken Sie, ihr Essen war vergiftet?«

»Möglich wär's. Was denken Sie?«

»Ich denke, sie war alt. Sie hatte 'nen Herzinfarkt. Und nun ist sie eben tot.« Tamme Boekhoff zuckt mit den Schultern. »So ist der Lauf der Welt.«

»Wie war Ihr Verhältnis zu Ihrer Mutter?«

»Schon wieder so 'ne komische Frage. Gut natürlich.«

»Keine Spannungen?«

»Nicht die geringsten.«

»Wussten Sie, dass heute Abend um sieben Uhr bei der Polizeidienststelle in Uelvesbüll eine Warnung eingegangen ist, wonach Ihre Mutter noch heute Nacht ermordet werden soll?«

»Ihre Kollegin hat vorhin schon so eine Andeutung gemacht. Ich hielt das für einen schlechten Scherz.«

»Mit Mord scherzen wir nicht«, brummt Thomsen.

»Dann ist es wahr? Eine Morddrohung? Gegen Mama? Und warum haben Sie nichts unternommen?« In Boekhoffs Stimme schwingt nun unüberhörbarer Ärger mit.

»Haben wir. Oberkommissarin Meerkatz war hier. Sie informierte den Sicherheitschef und bestand darauf, mit Ihrer Mutter zu sprechen, wurde aber von Herrn Berg am Eingang abgewiesen. Er hat ihr versichert, Ihre Mutter würde sich bester Gesundheit erfreuen.« Thomsen zieht nun eine Kopie besagter Warnung aus seiner Tasche und reicht sie Boekhoff.

»Kennen Sie die Handschrift?«

»Nein.« Mit ausdruckslosem Blick sinkt der Hausherr auf einen Stuhl. »Das hätte er mir sagen müssen.«

»Wer?«

»Der Berg, der Klugscheißer. Der kann was erleben!« Schlagartig kehrt wieder Farbe in das teigige Gesicht zurück. »Sind wir hier fertig?«

»Sind wir«, bestätigt Thomsen. »Wenn Sie mich nun Ihrer Gattin vorstellen würden?«

Boekhoff, der im Begriff war sich zu erheben, lässt sich mit einem lauten Plumps wieder in den Stuhl zurückfallen.

»Wozu das denn?«

»Nun, sie war schließlich auch bei dem Essen dabei.«

»Ja, aber bloß körperlich.«

»Vielleicht hat sie etwas bemerkt?«

»Hat sie nicht.«

»Das möchte ich sie gerne selbst fragen.«

Boekhoff seufzt, während er sich neuerlich erhebt.

»Es ist Ihre Zeit, die Sie verschwenden.«

Nachdem Thomsen sich selbst ein Bild von Boekhoffs Gemahlin gemacht hat, muss er dem aufgeschwemmten Diamantenerben recht geben. Was immer die Frau genommen hat, hat ihr Gehirn komplett vernebelt. Sie ist nicht einmal fähig, ihm den korrekten Wochentag zu nennen. Auch mit der Frage, wo ihre Tochter sich gerade aufhalten würde, dringt er nicht zu ihr durch.

Doch der Zufall will es, dass eine viel zu stark geschminkte Jugendliche in einem viel zu kurzen Kleid zur Tür hereinstöckelt, als er gerade gehen will.

»Wiebke Boekhoff, nehme ich an?«

Eine Antwort bekommt er nicht, stattdessen zieht sie ihre Oberlider auf halbmast.

»Ich bin Hauptkommissar Thomsen. Können Sie mir

etwas über den Tod Ihrer Großmutter sagen?«

Sie hebt die Augenlider einen Millimeter an.

»Er ist endgültig.«

»Da haben Sie wohl recht. Ist Ihnen etwas aufgefallen, was mir weiterhelfen würde?«

»Nee.« Eine Weile schaut sie ins Leere, dann dreht sie sich plötzlich zu ihrem Vater um.

»Papa? Kannst du das regeln, dass ich die Kutsche bekomme?«

»Wiebke! Oma ist gerade mal eine Stunde tot. Wie kannst du da jetzt an die Kutsche denken?«

Wiebke geht ans Fenster und deutet hinunter in den Park.

»Aber sie steht doch da, Papa. Wie kann ich nicht an sie denken, wenn ich sie von jedem Fenster aus sehe?«

Während sich nun eine Vater-Tochter-Diskussion um das pittoreske Gefährt anbahnt, verlässt Thomsen kopfschüttelnd den Raum, um nach seinen Leuten zu sehen.

10

Die Frau, die Sophie in dem schweren Lederfauteuil gegenübersitzt, strahlt eine ungeheure Arroganz aus. Sogar, wenn sie lächelt.

»Ich bin davon überzeugt, dass sich Mama in der Kutsche den Tod geholt hat«, mutmaßt sie frisch drauflos.

»Wieso denken Sie das?«

»Nun, die ist nicht beheizt. Das ist wieder so typisch! Bei Barnd ist alles nur Show. Weiße Pferde, weiße Kutsche, pah . . . meine Töchter sind mit ihrer Oma eine Runde gefahren. Die haben sich so was von den Arsch abgefroren. Aber das ist typisch Barnd. Sechs weiße Pferde, aber kein Heizkissen. Würde mich nicht wundern, wenn der Mistkerl es drauf angelegt hätte.«

»Sie mögen Ihren Bruder nicht?«

»Merkt man das? Hahaha. Schätzchen?« Sie winkt einer jungen Angestellten. »Bringen Sie uns was zu trinken! Vom vielen Reden wird mein Hals ganz trocken.«

Übergangslos richtet sie ihre Worte wieder an Sophie.

»Sie kennen ihn nicht. Warten Sie, bis Sie ihn kennenlernen, dann mögen Sie ihn auch nicht. Hahaha.«

»Haben Sie zu Ihrem älteren Bruder ein besseres Verhältnis?«

»Zu Tamme, dem Fettsack? Schon sein Anblick macht mich krank.«

»Warum?«

»Weil er so ein selbstgerechtes Arschloch ist. Tut immer so, als ob er allen moralisch überlegen wäre, während er seine eigene Frau in die Medikamentensucht treibt. Ich meine, seien wir doch ehrlich: Yalene ist beim besten Willen kein Hingucker, aber selbst sie erträgt ihn schon seit Jahren nicht mehr, ohne etwas einzuwerfen. Jeder weiß das. Und Wiebke . . . die brauchen Sie sich bloß anzusehen.«

»Sie haben auch zwei Töchter, nicht wahr?«, lenkt Sophie das Gespräch auf Bonna Boekhoffs eigene kleine Familie zurück.

»Ja, Daya und Ebba. Die beiden sind einundzwanzig und neunzehn.«

Eine Angestellte stellt ein Tablett mit Getränken auf dem Couchtisch ab und die gut gepolsterte Frau in dem teuren Abendkleid schenkt sich großzügig ein. Sie bietet auch Sophie etwas an.

»Danke. Nur Wasser. Wie haben Sie den Tod Ihrer Mutter erlebt?«

Bonna erstarrt mitten in der Bewegung.

»Das war fürchterlich . . .«

Sophie setzt eine professionell anteilnehmende Miene auf, während sie die übertrieben emotionalen Schilderungen über sich ergehen lässt. Ein Hinweis, mit dem sie etwas anfangen könnte, ist leider nicht dabei. Als sie auf die Mordwarnung zu sprechen kommt, die der Sicherheitschef möglicherweise auf die leichte Schulter genommen hat, regt sich ihre Gesprächspartnerin so sehr auf, dass sie zwei zusätzliche Gläser auf ex kippen muss.

»Wenn ich das gewusst hätte, wäre ich Mama nicht von der Seite gewichen!«

»Das verstehe ich, doch Sie sollten sich wirklich keine Vorwürfe machen. Auch wenn eine Vergiftung naheliegt

– noch wissen wir nicht, wie es zum Tod Ihrer Mutter kam.«

»Das ist alles so schrecklich.« Die wulstigen Schultern beginnen zu beben und Sophie beeilt sich, die Trauernde auf andere Gedanken zu bringen. Sie entscheidet sich für eine spielerische Herangehensweise.

»Wenn Sie ohne Nachzudenken einen Namen nennen müssten, wem würden Sie einen Mord zutrauen?«

»Barnd«, kommt es wie aus der Pistole geschossen und Sophie ist tatsächlich überrascht. Sie hätte nicht vermutet, dass eine Frau, die in einem Familienunternehmen dieser Größenordnung tätig ist, ihren eigenen Zwillingsbruder, ohne mit der Wimper zu zucken, in die Schusslinie bringt.

»Warum Barnd?«, hakt sie nach.

»Er ist übel. Ohne jedes Gewissen. Und er ist der Einzige von uns, der Geld braucht.«

Diese schonungslose Offenheit verblüfft Sophie und sie mustert die Frau mit dem ausladenden Dekolleté, die sich seelenruhig ein weiteres Glas einschenkt, stirnrunzelnd.

»Verstehe«, sagt sie schließlich. »Ich werde gleich mal mit ihm sprechen. Sie und Ihre Töchter bleiben auf dem Schloss?«

»Selbstverständlich bleiben wir hier. Nicht auszudenken, wenn ich dieses Anwesen meinen Brüdern überlassen würde.«

* * *

Barnd Boekhoff besitzt eine Art oberflächlichen Charme, der seine guten Umgangsformen ergänzt. Im

Gegensatz zu seiner Schwester ist ihm offenbar bewusst, dass Polizisten im Dienst nicht trinken. Jedenfalls lässt er Kaffee und Tee servieren, auch wenn er selbst zur Whiskeykaraffe greift.

Trotzdem fühlt sich Sophie in seiner Gegenwart nicht wohl. Eine Weile kann sie das diffuse Gefühl nicht benennen, doch nach den ersten Fragen zum Aufwärmen weiß sie plötzlich, was sie so irritiert. Er sieht sie an, als ob sie nackt wäre.

Der Mann, der deutlich auf die fünfzig zugeht, redet laut und viel – und hauptsächlich darüber, dass niemand außer ihm seiner Mutter noch eine Freude machen wollte. Seine arroganten und egoistischen Geschwister wären bloß an ihrem eigenen Vorteil interessiert und hätten für Familiensinn nichts übrig. Sie hätten sich nicht einmal die Mühe gemacht, über ein Geschenk zum achtzigsten Geburtstag ihrer Mutter nachzudenken. Tamme hätte bloß dem Juwelier einen Scheck geschickt und Bonna, die sich über diese Oberflächlichkeit mokiert hatte, machte das Gleiche mit Mutters Lieblingsdesigner. Bei der feierlichen Überreichung der Präsente taten die beiden dann so, als ob diese mit Liebe ausgesucht worden wären.

In diesem Stil geht es dahin und Barnd Boekhoff wird nicht müde, Seitenhiebe gegen seine Geschwister auszuteilen, während er mit seinen Augen Sophies Rundungen abtastet.

Während er über die weiße Kutsche spricht, sein Geschenk, das er in den höchsten Tönen anpreist, wünscht Sophie, sie hätte ihre Daunenjacke mit dabei, die sie bis zum Kinn hinauf schließen könnte.

Sie beschließt, dass es an der Zeit ist, der Selbstbeweihräucherung mit unangenehmen Fragen ein Ende zu setzen.

»Ihre Schwester denkt, Sie könnten etwas mit dem

Tod Ihrer Mutter zu tun haben, weil Sie der Einzige sind, der dringend Geld braucht.«

»Tatsächlich?« Er lehnt sich selbstsicher in seinem gut gepolsterten Ledersthul zurück und verengt seine Augen zu Schlitzen. »Ich verrate Ihnen etwas, Frau Kommissarin. Bonna dachte schon immer, Angriff wäre die beste Verteidigung.«

»Darf ich aus Ihren Worten schließen, dass Sie es für möglich halten, dass Ihre Schwester etwas mit dem Tod Ihrer Mutter zu tun haben könnte?«

»Meine Schwester könnte mit allem zu tun haben, was in irgendeiner Form mit Bösartigkeit oder Niedertracht in Verbindung steht. Reden Sie mal mit ihren Töchtern.«

»Das werde ich. Weil wir gerade von Kindern sprechen – Sie haben zwei Söhne, nicht wahr?«

»Ja. Aus jeder Ehe einen. Darum werde ich auch nicht mehr heiraten, hahaha.« Sein Lachen hat einen obszönen Unterton. »Nichts gegen die Jungs, die sind klasse, jetzt, wo sie groß sind.«

»Ich möchte auch Sie und Ihre Familie bitten, fürs Erste hier am Schloss zu bleiben. Es ist schon sehr spät heute und wir möchten die Befragungen morgen fortsetzen.«

»Geht klar.« Er kommt dieser Bitte mit einer selbstherrlichen Geste nach. »Ich würde meine Geschwister in dieser Lage ohnehin nicht allein lassen, hahaha.«

Sophie verabschiedet sich, während er sich unter lautem Gelächter einen weiteren Whiskey einschenkt. Instinktiv zieht sie die Schultern hoch, um dem fröstelnden Gefühl, das sich in ihrem Körper breitmacht, entgegenzuwirken.

11

Svenja und Jasper sehen genauso überfordert aus, wie sie sich fühlt, denkt Sophie, als sie sich in der Eingangshalle treffen. So beeindruckt sie war, als sie hier auf dem Schloss ankam, so erleichtert ist sie nun, wieder wegfahren zu können.

Mit einem Ausdruck der Erschöpfung startet Svenja den Dienstwagen.

»Ich habe an die siebzig Gäste erfasst und die Kontaktdaten notiert. Von denen war einer hochnäsiger als der andere. In meinem ganzen Leben habe ich noch nie so viele unsympathische Menschen auf einem Fleck gesehen«, beschwert sie sich. »Und jeder einzelne von denen hält sich für den Nabel der Welt.«

»Das Personal teilt deine Einschätzung«, stimmt Jasper zu, der auf der Rückbank Platz genommen hat. »Die meisten gehören zu der Cateringfirma, die für das Event engagiert wurde. Ein knappes Dutzend ist jedoch ständig auf dem Schloss in Diensten. Die waren sehr zurückhaltend, die Catering-Leute hingegen sind so richtig über die Gäste hergezogen. Etliche der Männer würden grapschen und fast alle mit anzüglichen Bemerkungen um sich werfen.«

»Das wundert mich nicht«, stimmt Svenja sofort zu. »Diese Menschen hier sind echt zum Abgewöhnen, und keiner konnte mir irgendwie weiterhelfen. Wenigstens haben mir einige zugesagt, noch heute ihre Fotos und Videos per E-Mail zu senden. Aber niemand hat die Handschrift auf dem Warnzettel erkannt und niemand hat etwas bemerkt, das mit dem Tod der Schlossherrin in Verbindung stehen könnte.«

»Doch, ich habe etwas«, widerspricht Jasper und nimmt die Mütze, die er für den kurzen Weg zum Auto über seine stetig wachsende Halbglatze gezogen hat, wieder vom Kopf. »Ich weiß allerdings nicht, wie ich das einordnen soll. Eine der Angestellten hat ein Gespräch mitgehört, in das Barnd Boekhoff mit seiner Begleitung verwickelt war. Demnach könnte das Gesagte so verstanden werden, als ob Barnd bereits wusste, dass seine Mutter demnächst ermordet werden wird.«

»Tatsache?« Sophies Augen weiten sich. »Seine Schwester Bonna würde es ihm nämlich zutrauen.«

»Ja.« Jasper nickt und deutet auf sein Aufnahmegerät. »Ich werde die Aussage für die Besprechung morgen früh aufbereiten, für heute bin ich echt durch.«

»Das geht mir ganz genauso.« Svenja lässt demonstrativ ihre Zunge heraushängen.

»Ich will auch nur noch ins Bett«, schließt Sophie sich an.

»Ja, aber bei dir ist es etwas anderes!« Nun schafft es Svenja doch noch, ein müdes Grinsen auf ihr Gesicht zu zaubern. »Schließlich liegt dein Evando drinnen...«

* * *

Um der Wahrheit die Ehre zu geben, findet Sophie in ihrem Bett bloß Otello vor, der es sich – zu einem Fellknäuel zusammengerollt – mittendrin bequem gemacht hat. Aber sie braucht nicht lange, um Evando in der Badewanne zu entdecken. Am Rand derselben hat er kleine Schüsselchen mit Tiramisu aufgestellt. Eine Flasche Prosecco und zwei Gläser stehen ebenfalls zum Genuss bereit.

Er liegt entspannt inmitten von zartlila Schaum und lächelt ihr einladend entgegen.

Die Vorstellung, sich ihrer Klamotten zu entledigen und der Kälte endlich ein Schnippchen zu schlagen, indem sie zu dem Mann mit dem göttlichen Körper in die Wanne schlüpft, belebt ihre Sinne ungemein.

»Das ist die beste Idee von allen.«

Geheimnisse vermehren sich auf ihre eigene Art

SONNTAG

12

Das Großraumbüro der Kripo Husum gleicht heute Morgen einem Taubenschlag. Es herrscht ein aufgeregtes Kommen und Gehen und eine deutlich erhöhte Grundlautstärke.

Ständig läutet irgendwo ein Telefon und die Anwesenden reden mehr durcheinander als miteinander.

»Haben sich jetzt alle mit Kaffee versorgt?«, verschafft sich Thomsen mit seinem lauten Bass Gehör. »Dann kommt mal mit in mein Büro.«

Um den Besprechungstisch des Hauptkommissars versammelt, kommt das Team tatsächlich ein wenig zur Ruhe.

»So«, leitet Thomsen die Diskussion ein. »Jetzt mal ein konstruktiver Austausch: Ich habe gestern Tamme Boekhoff befragt und auf meinem Heimweg noch mit Aiko Emmermann telefoniert. Beides war nicht sehr ergiebig. Seit einer Stunde hänge ich nun schon am Telefon, um die Obduktion vorgezogen zu bekommen. Sie muss unbedingt heute noch stattfinden, damit wir wissen, mit welchem Gift wir es zu tun haben.«

»Ist denn der Herzinfarkt schon aus dem Spiel?«, ätzt Sophie und entlockt Svenja ein Kichern.

»Wenn du nur auf den Aiko hinhacken kannst! Als ob uns das irgendwie weiterbringen würde«, weist ihr Chef sie prompt zurecht.

Sophie zuckt die Schultern. »Über den Emmermann herzuziehen hebt zumindest meine Laune, und in besserer Stimmung kann ich auch bessere Arbeit leisten.«

»Witzig«, grummelt Thomsen. »Was hast du gestern rausgefunden?«

»Außer, dass sämtliche potenzielle Erben grässlich sind und sich gegenseitig hassen – nichts.«

»Du immer mit deinen Wertungen, genügt es dir nicht, den Aiko schlecht zu machen?«, tadelt Thomsen.

»Die Bediensteten haben das bestätigt«, wirft Jasper ein.

»Was denn?« Sein Chef wendet sich ihm mit irritiertem Blick zu.

»Dass sämtliche Erben grässlich sind. Das haben die Leute vom Personal auch ausgesagt. Und auch, dass sie sich gegenseitig hassen.«

»Aha. Und die Gäste, was sagen die?« Er blickt nun Svenja auffordernd an.

»Die haben mir kaum etwas erzählt. Die meisten waren überheblich und betrunken. Einer war dabei, ein gewisser Gustav Ginsz, der hat mir erklärt, er wird sich bei der Gastgeberin beschweren, dass er der Polizei seine Daten bekannt geben muss. Als ich sagte, das wäre, weil die Gastgeberin unerwartet das Zeitliche gesegnet hat, hat er mir lallend erklärt, auf meine Bullentricks würde er nicht hereinfallen.«

Jasper gluckst und Thomsen schüttelt verärgert den Kopf.

»Einige Gäste haben mir bereits ihre Handyfotos und Videos gemailt. Leider ist nichts dabei, ab dem Zeitpunkt, ab dem es Adda Boekhoff schlecht ging«, setzt Svenja fort. »Ich werde alle anderen noch mal auffordern.«

»Was sagt der Thronerbe?«, will Sophie wissen.

»Falls du den ältesten Sohn von Adda Boekhoff meinst, der redet sich aus allem raus«, brummt Thomsen. »So gewichtig er ist, so wichtig nimmt er sich auch. Nichts, was er gesagt hat, hat mir irgendwie weitergeholfen – bis auf eines: Er war völlig außer sich, als er erfahren hat, dass der Sicherheitschef von der Drohung gegen seine Mutter wusste. Aber ich hatte den Eindruck, das war hauptsächlich verletzter Stolz, weil er nicht informiert worden war.«

»Darauf kannst du wetten«, stimmt Sophie zu, »die beiden Nachkommen, die ich befragt habe, waren nicht im mindesten traurig über den Tod ihrer Mutter.«

»Vielleicht war sie genauso ekelhaft wie ihre Brut?«, wirft Jasper ein.

»Kommissar Hinrichs! So sprechen wir nicht über ein Mordopfer«, weist Thomsen ihn schroff zurecht.

»Sorry, Chef, aber einige Aussagen der jungen Hilfskräfte, die ich interviewt habe, gingen mir ein wenig an die Nieren. Viele berichten von Geringschätzung und Demütigungen, die sie hinnehmen mussten. Aber ich habe auch einen Hinweis bekommen, wer vor dem Mord gewarnt haben könnte.«

»Ah, das hör ich gern.« Thomsen lehnt sich besänftigt zurück. »Na denn, schieß mal los!«

»Okay.« Jasper raschelt durch seine Unterlagen. »Ich habe alle Gespräche, die ich gestern geführt habe, mitgeschnitten und dieses hier heute Morgen gleich als Erstes abgetippt. Eine junge Angestellte, Katja Huss – sie ist vom Schloss, also nicht von der Catering-Firma – hat mir unter Tränen berichtet, dass sie auf der Terrasse mitgehört hat, was Barnd Boekhoff zu seiner Freundin gesagt hat. Nämlich – *sie wird Augen machen, wenn das alles schon morgen ihm gehört*. Besagte Freundin habe daraufhin nachgefragt, wie er es anstellen wolle, seine Mutter und seinen älteren Bruder davon zu überzeugen. Darauf meinte Barnd – laut meiner Zeugin mit einem gewissen Unterton – dass von Überzeugen keine Rede sein könnte. Katja Huss berichtete weiter, dass die Kenntnis dieses Gesprächs sie sehr belastet habe und sie deshalb mit ihrer Vorgesetzten, der Hausdame Hilke Brunken, darüber gesprochen hätte. Sie hätte sich dabei aber nur einen Rüffel eingehandelt, weil das Mithören von Gesprächen der Familie und der Gäste strengstens verboten ist.«

»Wow . . .« Svenja sieht ihren Kollegen bewundernd an. »Das ist richtig guter Stoff.«

»Hat diese Katja daraufhin den Zettel mit der Warnung geschrieben und in den Lieferwagen gelegt?«, fragt Thomsen nach.

»Das hab ich sie auch gefragt, aber das hat sie vehement bestritten. Ganz im Gegenteil, sie sagte, sie litt darunter, nichts getan zu haben. Speziell, als sich die Nachricht von Adda Boekhoffs Tod verbreitete.«

»Hmm«, macht Thomsen. »Jedenfalls gute Arbeit Jasper, da werden wir heute kräftig nachbohren. Barnd Boekhoffs Freundin setzen wir gleich ganz oben auf die Liste.«

»Was sagt die SpuSi?«, will Sophie wissen. »Irgendwelche Rückstände auf Gläsern oder Tellern, die toxisch sind?«

»Noch nichts«, grummelt Thomsen. »Die können nicht zaubern. Sie testen auf alles Mögliche.«

»Deshalb wäre die Autopsie so dringend – dann wüssten wir, was sie getötet hat«, setzt Sophie nach.

»Danke, dass du mich daran erinnerst«, erwidert Thomsen verärgert. »Was denkst du denn, weshalb ich seit einer Stunde Gott und die Welt mit Anrufen bombardiere.«

Wie aufs Stichwort läutet sein Diensthandy.

»Thomsen . . . na endlich . . . sehr gut, danke. Das interessiert mich nicht, ich muss schließlich auch arbeiten. Genauso wie meine Leute. Denken Sie, die haben keine Familie?«

Als er auflegt, blickt er in drei fragenden Gesichter.

»Das war der Chef der Pathologie vom Klinikum. Nachdem ihn der Staatsanwalt und der Kriminaldirektor bekniet haben, macht er es selbst, weil er für heute keine Leute mehr bekommt. Bei der Gelegenheit hat er erwähnen müssen, dass seine Frau dieses Entgegenkommen nicht gut aufnehmen wird.«

»Alles klar«, fasst Sophie zusammen, »das sind schon mal gute Nachrichten. Wenn feststeht, dass Adda Boekhoff tatsächlich Gift verabreicht wurde, bekommen wir einen Durchsuchungsbeschluss für das Schloss. Darauf freue ich mich am meisten.« Sie reibt sich bereits in Vorfreude die Hände.

»Und bis dahin versuchst du auf diplomatischem Weg so viele Informationen wie möglich zu bekommen«, bestimmt Thomsen. »Svenja wird dich unterstützen. Jasper, du begleitest die Obduktion und fährst nachher ebenfalls zum Schloss, und ich kümmere mich um den Kriminaldirektor und die Pressekonferenz, die wir noch heute – aufgrund des großen medialen Interesses – aus dem Boden stampfen müssen.«

13

»Ich bin sehr froh, dass Jasper die Obduktion begleitet und nicht ich. So grässlich die Leute auf dem Schloss auch sind . . .«, bemerkt Svenja, während sie den Dienstwagen durch die eisige weiß-graue Landschaft Richtung Uelvesbüll lenkt.

»Ihm macht das nichts aus.« Sophie schmunzelt. Es amüsiert sie immer wieder aufs Neue, wie jemand, der alles, was mit Leichen zu tun hat, so sehr meidet wie ihre Kollegin, ausgerechnet bei der Mordkommission landen konnte.

»Ja.« Svenja kichert. »Mit Toten kann er besser als mit potenziellen Freundinnen. Sein Date gestern war wieder ein Desaster.«

»Wann hat er dir das erzählt?«

»Beim ersten Kaffee und beim zweiten, ach ja, und beim dritten auch.« Svenja grinst. »Seit dein Evando aus den Staaten wieder zurück ist, haben Jasper und ich viel traute Zweisamkeit früh morgens im Büro.«

Sophie lacht. Sie muss zugeben, dass ihre Kollegin recht hat. Dr. Evando Kouskouris, dank seiner griechischen Wurzeln mit dem Körper eines Adonis gesegnet, ist als Gerichtsmediziner in Cuxhaven tätig. Seit seiner Rückkehr aus Seattle, wo er an einer mehrwöchigen Weiterbildung teilnahm, hat er seine Arbeitszeiten in Cuxhaven drastisch reduziert, um für die Verfassung seiner wissenschaftlichen Arbeit Zeit zu haben – die er mit Vorliebe auf seinem Notebook in ihrem Bett tippt.

Seit er quasi bei ihr wohnt, ist sie nicht mehr die Erste im Büro.

»Tja, weißt du«, erklärt sie Svenja, »einen Mann im Bett zu haben wenn ich aufwache, ist ein Luxus, den ich derzeit richtig genieße.«

»Glaub ich dir. Würde ich auch, wenn ich könnte. Aber wenn ich ins Bett gehe, schläft Okko schon, und wenn ich aufwache, ist er längst dabei, die Tiere zu füttern.« Sie verzieht das Gesicht. »Auf Dauer ist das keine gute Lösung.«

»Sag ihm, er soll eine halbe Stunde früher aufstehen und dafür Zeit mit dir verbringen, wenn dein Wecker läutet.«

»Oh, du meinst so ein Szenario, wo ich vom Stallburschen geweckt werde?« Svenjas Augen beginnen zu leuchten.

»Ja . . . äh . . . so war das eigentlich nicht gemeint, aber warum nicht? Jetzt erzähl mal von Jaspers Desaster-Date.«

»Richtig«, kichert Svenja. »Das ist auch eine Erzählung wert. Das Mädchen heißt Astrid und redet angeblich unentwegt. Jasper sagte, sie ist super süß und alles, aber sie hört einfach nicht auf zu reden. Nie. Nicht beim Pizza essen, nicht beim Cocktail danach, nicht mal in der Disco, in die er sie aus lauter Verzweiflung geschleppt hat – in der Hoffnung, die Musik verschafft ihm eine Pause.«

»Jasper in der Disco?« Sophie lacht laut heraus.

»Ja, aber es hat nichts gebracht, sie redete in einer Tour weiter.«

»Mit einem Kuss hat er nicht versucht, sie zu stoppen?«

»Das hat er nicht gewagt, du kennst doch Jasper. Das

hätte sie tun müssen, aber sie hat bloß wie ein Wasserfall geplappert.«

»Der Arme. Es ist echt nicht leicht für ihn, eine Freundin zu finden.«

»Du meinst wohl, es ist nicht leicht für mich!«, korrigiert Svenja und lacht.

»Richtig«, stimmt Sophie mit ein. »Wie konnte ich das vergessen?«

Seit Svenja Jaspers Mutter versprochen hat, ihren Sohn unter die Haube zu bringen, hat sie auf einigen Dating-Portalen Profile für ihn erstellt und sorgt auch immer wieder dafür, dass es zu Dates kommt.

Als das Schloss wie eine Filmkulisse im eisigen Nebel auftaucht, wird Sophie wieder dienstlich.

»Ich nehme mir als Erstes die Hausdame vor, die ihren Angestellten verbietet, Morddrohungen aufzuschnappen. Sprich du mal bitte mit der Freundin von Barnd Boekhoff. Ich bin schon sehr gespannt, was sie dazu zu sagen hat.«

14

Es stellt sich heraus, dass Hilke Brunken, die den Haushalt des Schlosses managt, über ein eigenes Büro im Schloss verfügt, in das sie sich mit Sophie auf deren Drängen hin zurückzieht.

»Um ehrlich zu sein, kommt mir das Gespräch jetzt ziemlich ungelegen«, jammert die zierliche Person mit grauem Haar im perfekten Pagenschnitt, nachdem sie an einem runden Tisch vor einem Fenster mit unzähligen Blumentöpfen Platz genommen haben. »Sie haben ja keine Ahnung, wie viel Arbeit nach so einem Todesfall anfällt – noch dazu, wenn die gesamte Familie nun hier wohnt. Ich weiß überhaupt nicht, wo mir der Kopf steht.«

»Um ehrlich zu sein, das hier ist kein Gespräch, sondern eine polizeiliche Vernehmung und es ist ein Entgegenkommen des Hauptkommissars, dass wir die ersten Befragungen hier vor Ort durchführen«, erklärt Sophie sachlich. »Wir könnten Sie auch vorladen.«

»Oh, Entschuldigung, das wusste ich nicht.« Hilke Brunken sieht erschrocken drein und stemmt sich hoch. »Darf ich Ihnen einen Tee anbieten?«

»Gerne«, erwidert Sophie und stellt zufrieden fest, dass die Hausdame nach der schroffen Belehrung um einiges zugänglicher geworden ist.

»Was möchten Sie denn gerne wissen?«

»Nun zuerst einmal, warum Sie Katja Huss daran

gehindert haben, die Polizei über ein Mordkomplott zu informieren?«

»Wie bitte?« Hilke Brunken wird augenblicklich blass und sinkt auf ihren Stuhl zurück. »Das glaub ich jetzt nicht.«

»Doch, tun Sie das. Ich möchte nämlich von Ihnen wissen, was Ihnen Frau Huss berichtet hat und wie Sie darauf reagiert haben.«

»Ähem.« Die Angestellte mit dem grauen Pagenschnitt schluckt nun hörbar. »Sie kam zu mir und erzählte, dass Herr Barnd Boekhoff mit seiner Begleitung darüber gesprochen hätte, dass über Nacht alles ihm gehören würde. Da kann man doch nicht gleich eine Mordabsicht unterstellen!«

»Auch nicht, wenn die Schlossherrin kurz darauf verstirbt?«, hakt Sophie bewusst provokant nach.

»Aber das konnte ich doch nicht wissen!«, rechtfertigt sich Frau Brunken empört. »Der junge Herr Boekhoff redet doch immer irgendwelchen Humbug, das macht der doch schon sein ganzes Leben lang, dem hört doch niemand mehr zu!«

»Ist das so? Frau Huss hat zugehört. Und wenn Sie Ihre junge Mitarbeiterin nicht daran gehindert hätten, dann hätten wir auch zugehört. Sie haben demnach aktiv einen Hinweis zu einem geplanten Mord unterbunden. Ich könnte Sie wegen Beihilfe auf der Stelle festnehmen.«

»Was? Mich? Wegen Beihilfe? Aber ich habe doch nichts getan...«

Sophie sieht nun, wie sich die Finger ihrer zierlichen Gesprächspartnerin krampfhaft am Tisch festkrallen und ihre Augen sich mit Tränen füllen.

Sie setzt nun ein besänftigendes Lächeln auf und lässt auch ihre Stimme wieder weicher klingen.

»Es ist ja noch nicht zu spät, Sie haben hier und jetzt

alle Möglichkeiten, mich von Ihrer Unschuld zu überzeugen. Wenn Sie mir alle Fragen offen und ehrlich beantworten, dann werde ich für Sie ein gutes Wort einlegen.«

* * *

Jasper erträgt den penetranten Geruch ebenso tapfer wie die Vorhaltungen des ärztlichen Leiters, dass er an einem Sonntag eigenhändig eine Obduktion durchführen muss.
Trotz des verbalen Dampfablassens muss Jasper ihm zugestehen, dass er sehr gründlich zu Werke geht.
»Mensch, die Adda«, sagt Professor Wighard plötzlich, »die war schon eine schöne Frau, da hab ich noch in den Windeln gelegen. Mein ganzes Leben lang hat sie mit ihrer Familie die Klatschspalten gefüllt. Und als ich meinen Lehrstuhl an der Uni bekommen hab, war sie unter den Gästen bei der Zeremonie.«
»Dann waren Sie also persönlich bekannt?«, freut sich Jasper, begierig, private Einblicke zu erhalten.
»Nein, das leider nicht, aber sie war eine der Hauptsponsorinnen der medizinischen Fakultät.«
»Aha.«
»Schau an, schau an«, bemerkt Wighard plötzlich.
»Was denn?«
»Die Lunge. Sie ist in einem überraschend gutem Zustand, wenn man bedenkt, wie gerne sie geraucht hat. Tja, da sieht man wohl, dass ihre Spezialfilter gewirkt haben.«
»Spezialfilter?«
»Ja, sie hat immer so einen langen Zigarettenspitz

verwendet, wie man ihn aus den Zwanzigerjahren kennt.«

»Aha. Und die Todesursache?«

»Nicht so hastig, mein Lieber, nicht so hastig . . . was sagt der Leichenbeschauer?«, will der Professor zuerst wissen.

»Nun, der hat sich nicht getraut, etwas auszufüllen.«

»Ja, das verstehe ich. Sowas sieht man selten. Und aus meiner Perspektive sehe ich natürlich deutlich mehr. Hat sie geschrien, gekrampft, also eindeutig starke Schmerzen gehabt?«

»Ja, das wurde bestätigt.«

»Sie hat ein schnell wirkendes starkes Gift zu sich genommen.«

»Gift?« Jaspers Gesicht hellt sich auf. Sein Chef wird diese Nachricht lieben.

»Ja, das erscheint mir definitiv das Naheliegendste zu sein. Ob das mit einer Fremdeinwirkung zusammenhängt, kann ich natürlich nicht sagen, sie könnte es ja auch selbst genommen haben.«

»Es ist jedenfalls kein natürlicher Tod«, freut sich Jasper unverhohlen.

»So viel steht fest.« Der Professor streift seine Handschuhe ab, während er weiter spricht. »Den Bericht erhalten Sie allerdings nicht vor morgen.«

»Kein Problem. Und welches?«

»Was und welches?«

»Na, an welchem Gift ist sie gestorben?«

»Die Frage ist gut.« Wighard lacht lauthals auf. »Das wüsste ich selbst gerne! Aber ich habe leider in ihrem Magen kein Etikett gefunden, auf dem die tödliche Substanz vermerkt wurde. Wir müssen in diesem Fall auf eine Reihe von möglichen Giften testen lassen und das Ergebnis abwarten.«

»Aber Sie haben doch einen Verdacht«, sagt Jasper ihm

auf den Kopf zu. »Das konnte ich Ihnen ansehen, als Sie nach Schmerzen und Krämpfen gefragt haben. Sagen Sie mir doch bitte, was Sie vermuten.«

»Oh nein, mein lieber junger Ordnungshüter«, entgegnet Wighard kopfschüttelnd. »Mit Vermutungen verbrennt man sich in meiner Branche bloß den Mund. Sie werden geduldig auf das Ergebnis warten.«

15

Als Jasper auf dem Schloss eintrifft, hat Sophie gerade ihr Gespräch mit Hilke Brunken beendet.

Sie bemerkt das Glitzern in den Augen ihres Kollegen sofort.

»Du weißt etwas, das ich nicht weiß«, sagt sie ihm auf den Kopf zu.

»Jap.«

»Schieß los.«

»Es war ein schnell wirkendes Gift.«

»Das war ja klar – und welches?«, hakt Sophie nach.

»Die Tests laufen noch. Dieser Wighard ahnte schon, was es ist, aber er hat es mir nicht gesagt. Wir müssen uns gedulden, bis die Ergebnisse schwarz auf weiß vorliegen«, ärgert sich Jasper von Neuem. »Diese Pathologen haben so eine Angst, einmal danebenzuliegen – als ob sie dann für immer diskreditiert wären.«

»Scheint so«, teilt Sophie seine Meinung. »Komm, wir suchen Svenja.«

Das stellt sich als schwierigeres Unterfangen heraus, als sie gedacht hatten. Nach dem siebten leeren Raum, in den sie hineinblickten, greift Sophie zum Handy.

Svenja hebt erst nach dem zehnten Klingeln ab.

»Wo finden wir dich?«

»Ja, das weiß ich selbst nicht so genau. Ich glaube, ich

bekomm da keine Wegbeschreibung zusammen. Besser, ich komme zu euch.«

»Gut. Treffen wir uns in dem prunkvollen Speisesaal.«

* * *

»Puhhh«, sagt Svenja zur Begrüßung. »In diesem Schloss kann man sich echt leicht verlaufen. Die Freundin von Barnd Boekhoff habe ich leider nicht gefunden. Aber ich weiß nun, wie sie heißt: Antje Giebel. Sie ist ein Model, aber nicht allzu bekannt – eher ein C-Promi.«

»Das ist schlecht. Ich meine, dass sie nicht auffindbar ist«, erwidert Sophie.

»Sehe ich auch so. Was spricht die Hausdame?«, will Svenja nun wissen.

»Ich habe sie dazu gebracht, dass sie ein wenig aus dem Nähkästchen plaudert. Sie hält nicht viel von den Familienmitgliedern, am wenigsten jedoch von Barnd Boekhoff.« Sophie verzieht missbilligend das Gesicht.

»Ha! Bei mir das Gleiche. Bei meiner Suche nach Antje traf ich den persönlichen Butler der alten Adda.«

»Ist nicht jeder Butler persönlich?«, grätscht Jasper in die Unterhaltung.

»Äh, vielleicht. Ja, wahrscheinlich sogar. Ist doch jetzt egal. Der Mann heißt Gard Bleeker, ist schon ewig in ihren Diensten und lässt kein gutes Haar an Barnd. Spielschulden, Frauengeschichten, Alkoholexzesse, da ist alles dabei«, berichtet Svenja.

Sophie erinnert sich an ihr gestriges Gespräch mit dem jüngeren der Boekhoff-Brüder und spürt sogleich, wie sich ihre Nackenhaare aufstellen.

»Passt für mich gut zusammen, ich hatte ein richtig

ungutes Gefühl in seiner Nähe. Sowie der Rüde da ist, legen wir uns einen Schlachtplan zurecht und nehmen den Kerl so richtig in die Zange. Bis dahin sammeln wir weiteres Material aus dem engsten Kreis des Opfers. Jasper, du nimmst dir den Anwalt, diesen Hegel, vor. Svenja, du den Leibarzt.«

»Den Krayenberg?«

»Ja, genau den. Und ich rede noch mal mit meiner neuen Freundin Hilke – ich habe so das Gefühl, wenn jemand diese Antje Giebel ausfindig machen kann, dann sie.«

16

Hilke Brunken, die bereitwillig zugesagt hatte, Antje Giebel zu einem Gespräch in den Blauen Salon zu bringen, kehrt unverrichteter Dinge zurück.

»Wie, Sie finden sie nicht?« Sophie wirft der Haushälterin einen irritierten Blick zu. »Haben Sie mir nicht versichert, dass sich alle Familienmitglieder hier im Schloss aufhalten?«

»Nun, streng genommen ist sie kein Familienmitglied.«

»Das mag sein, aber als Barnd Boekhoffs aktuelle Geliebte zählt sie für mich zum Kreis jener, die ich hier für Befragungen verfügbar haben will.«

»Ich verstehe . . .« Die Hausdame sieht betreten drein.

»Haben Sie Herrn Boekhoff gefragt, wo seine Freundin sich aufhält?«

»Nein. Seine Suite war nicht abgesperrt. Deshalb habe ich nach mehrmaligem Klopfen hineingesehen, aber sie war nicht da, und er auch nicht.« Nun sieht sie peinlich berührt zu Boden.

»Was ist?«

»Es hat fürchterlich gestunken da drin, nach Alkohol, Schweiß und kaltem Rauch. Außerdem . . .« Hilke Brunken verstummt.

»Außerdem?«, hakt Sophie nach.

»Dass es sich tatsächlich um Mord handelt, macht mir Angst.« Die Farbe aus Hilkes Gesicht schwindet und sie sinkt auf den nächststehenden freien Stuhl. Eine Weile starrt sie stumm vor sich hin. Ihre Hände zittern leicht. Als sie den Blick hebt, schaut sie Sophie genau in die Augen. »Denn das bedeutet, der Mörder ist unter uns – hier am Schloss.«

»Damit könnten Sie leider recht haben.«

Sophie überlegt kurz und kommt zu einem Entschluss.

»Wenn Antje Giebel momentan nicht auffindbar ist, dann schicken Sie bitte den Sicherheitschef, den Herrn Berg, und die Enkelkinder der Verstorbenen zu mir.«

* * *

Heiko Berg betritt den Blauen Salon, den Sophie als Besprechungszimmer gewählt hat. Sie registriert sein verlegenes Lächeln und bietet ihm einen freien Stuhl an.

»Frau Kommissarin, Sie können mir glauben, es ist mir wirklich peinlich, wie sich die ganze Angelegenheit entwickelt hat.«

Sophie nickt. »Das wäre es mir an Ihrer Stelle auch.«

»Ja, ähem, aber ich versuche Sie nun zu unterstützen, wo ich kann.«

»Gut. Ich möchte, dass Sie als Erstes Antje Giebel ausfindig machen. Das ist die. . .«

»Ich weiß, wer das ist. Ist sie denn abgängig?«

»Scheint so. Ich wollte sie befragen, aber Frau Brunken konnte sie nicht finden.«

»Okay, ich gehe der Sache nach. Brauchen Sie sonst noch etwas?«

»Sagen Sie es mir – gibt es etwas, von dem ich wissen sollte?«

»Äh . . . nicht, dass ich wüsste.«

Während Berg sich verabschiedet, kommt die Hausdame mit drei jungen Leuten herein.

»Darf ich vorstellen, das ist Kriminalkommissarin Meerkatz, und das hier sind Daya und Ebba, die Töchter von Bonna Boekhoff und Jan, der Sohn von Barnd Boekhoff. Seinen Bruder Till und Wiebke, die Tochter von Tamme Boekhoff, konnte ich nicht finden.«

»Danke, Frau Brunken.«

Mit einer Handbewegung bedeutet Sophie den Enkelkindern des Opfers Platz zu nehmen. Eine Weile mustert sie die drei. Daya mit ihren perfekt gestylten langen blonden Locken fällt durch ihren arroganten Blick auf. Ihre Schwester Ebba, deren äußere Erscheinung gar keine Ähnlichkeit mit ihrer Schwester aufweist, wirkt verstört. Der Dritte im Bunde, Jan Boekhoff, sieht wütend aus.

»Mein Beileid«, sagt Sophie. »Ich bedaure Ihren Verlust.«

Daya und Jan reagieren nicht, lediglich Ebba murmelt ein *Danke*.

»Wer von Ihnen hatte die engste Beziehung zu Ihrer Großmutter?«

Die drei sehen sich an und keiner antwortet.

»Ich denke, das war ich«, sagt Daya schließlich, als Sophie schon nicht mehr mit einer Antwort rechnet.

»Warum denken Sie das?«

»Sie hat mich oft zu sich gerufen und dann hat sie mir etwas geschenkt. Meistens Schmuck.«

»Das hat sie doch bloß gemacht, weil Mama sich jedes Mal schrecklich darüber aufgeregt hat«, zischt Ebba ihrer Schwester zu.

»Du bist doch bloß neidisch, weil sie mich lieber mochte als dich.«

»Sie mochte dich nicht, sie hat dich bloß benutzt«,

flüstert Ebba. Laut genug, dass Sophie es hören kann.

»Sie hat mich benutzt? Deswegen bist du wohl so angepisst, weil sie dich nie auf diese Weise benutzt hat«, macht Daya sich lustig.

»Doch, das stimmt«, sagt Jan plötzlich. »Oma war so. Sie hat immer alle gegeneinander ausgespielt. Als mein Vater sie um Geld bat, weil er im Casino alles verloren hatte, hat sie ihn ausgelacht – und am nächsten Tag hat sie Till einen Ferrari geschenkt.«

»Wäre es möglich, dass Ihre Großmutter die erstgeborenen Enkelkinder bevorzugt hat?«, hakt Sophie nach.

»Quatsch«, antwortet Daya.

»Definitiv«, bestätigt Jan.

»Wie ist das mit Wiebke?«

»Was soll mit ihr sein?« Daya streicht sich gelangweilt eine lange blonde Haarsträhne aus der Stirn.

»Wurde sie auch von Ihrer Großmutter bevorzugt?«

»Nee.« Diesmal schütteln alle den Kopf.

»Woran könnte das liegen? Sie ist schließlich auch eine Erstgeborene.«

»Ich denke, es ist wegen Tante Yalene. Oma mochte sie nicht«, sagt Ebba schließlich und Jan nickt zustimmend. »Sie kreidete ihr alles an. Dass Onkel Tamme immer fetter wurde, dass Wiebke so spindeldürr ist . . .«

»Und sich so nuttig anzieht«, wirft Daya boshaft ein.

»Wiebke hat es nicht leicht«, erklärt Jan. »Onkel Tamme hat sich nie für sie interessiert und Tante Yalene war immer schon mit sich selbst überfordert.«

»Ach, die arme Wiebke. Ist Till deshalb so besonders lieb zu ihr? Wo könnten die beiden bloß stecken?«, spottet Daya und es ist nicht zu übersehen, dass Jans Gesicht nun rot anläuft.

»Ja, das würde mich auch interessieren«, steigt Sophie ungerührt mit ein. »Ebba, wissen Sie, wo die beiden stecken?«

»Ich, wieso denn ich?«

Die unscheinbare Brünette mit der fahlen Haut und dem verstörten Blick beginnt zu zittern.

»Mach dir nicht gleich in die Hosen«, schimpft Daya, »du bist echt so was von peinlich.« Dann richtet sie den Blick aus ihren stechend blauen Augen auf Jan. »Na los, pack schon aus, du Lusche. Du schleichst den beiden doch den ganzen Tag hinterher.«

Der junge Mann sieht plötzlich aus, als würde er unter Strom stehen. Die Adern an seinem Hals sind auf das Doppelte angeschwollen.

»Das weißt du bloß, weil du ihnen selbst hinterherspionierst«, erwidert er wütend. »Weil es dir nämlich gar nicht passt, was zwischen den beiden läuft. Du dachtest doch, du hättest Till fest am Haken, und du kannst es gar nicht ab, dass er nun . . . ich meine, dass er . . . ähem, eben Zeit mit Wiebke . . .«

»Du bist so was von erbärmlich, sieh dich bloß an, wie gehemmt du herumstotterst!«, lacht Daya laut auf.

Sophie beobachtet Jan Boekhoffs Mienenspiel. Also Till und die blutjunge Wiebke. Und mittendrin Jan, Tills Bruder, dem das überhaupt nicht passt.

Die geballten Fäuste und die aufeinander gepressten Lippen verraten deutlich, wie sehr er seine affektierte Cousine hasst. Nun gilt es erst mal herauszufinden, wer Adda Boekhoff so gehasst hat.

»Erzählen Sie mir mehr von Ihrer Großmutter«, fordert Sophie Daya auf.

Doch die zuckt lediglich mit den Schultern.

»Ich hab schon alles über sie gesagt. Sie hat mir oft Geschenke gemacht. Und Komplimente auch.«

Selbstverliebt streicht sie sich zum wiederholten Mal über ihr glänzendes blondes Haar.

»Und was machen Sie beruflich?«

»Ich bin Influencerin. Ich habe bereits über zweihunderttausend Follower. Und natürlich studiere ich auch. Wirtschaft und Neue Medien.«

»Danke, Frau Boekhoff, Sie können gehen. Falls Sie Till und Wiebke Boekhoff begegnen, richten Sie ihnen bitte aus, dass ich mit ihnen sprechen möchte.«

»So leicht werden Sie mich nicht los, ich schau mir die Party hier bis zum Ende an.« Mit einem selbstgefälligen Grinsen lehnt sie sich wie eine Theaterbesucherin in ihrem Stuhl zurück.

Sophie lehnt sich nun ebenfalls zurück und setzt ein betont freundliches Lächeln auf. »Frau Boekhoff, ich mache Sie darauf aufmerksam, dass Sie dabei ˋsind, eine polizeiliche Befragung zu stören. Ich kann Sie nicht nur zwangsweise abführen lassen, Sie machen sich damit auch strafbar.«

»Das wagen Sie nicht!«

»Wollen Sie es darauf ankommen lassen?« Sophie greift zu ihrem Diensthandy.

Ohne ein weiteres Wort springt Daya auf und verlässt den Raum. Die Tür knallt sie mit einer solchen Wucht hinter sich zu, dass Ebba sichtbar zusammenzuckt.

Sophie wendet sich ihr freundlich zu. »Es ist wohl nicht alles Gold, was glänzt.«

»Wie meinen Sie das?«

»Nun, Sie sind reich, Sie sind jung, aber Sie wirken nicht glücklich.«

»Das stimmt.« Ebba lässt die Schultern noch mehr hängen.

»Erzählen Sie mir bitte von Ihrer persönlichen Beziehung zu Ihrer Großmutter.«

»Ich hatte immer Angst vor ihr. Schon mein ganzes Leben lang. Sie war so unerbittlich. Wie eine Königin, die über Leben und Tod entscheidet.«

»Hat Ihre Mutter Sie denn nicht beschützt?«

»Meine Mutter?«

»Ja, Sie kam mir sehr wehrhaft vor.«

»Ach so. Ja, das mag zutreffen. Aber mich hat sie noch nie beschützt.«

»In unserer Familie muss man so sein wie Tante Bonna oder Daya. Laut und gemein«, erklärt Jan. »Und stark. Oder so gewitzt und charmant wie Till, den einfach alle lieben. Ist man anders, wird man gefressen. Psychisch, verstehen Sie?«

»Ja, durchaus«, gibt Sophie zu. Auch sie ist in einer Familie aufgewachsen, in der die große Schwester bevorzugt wurde. »Dann hatten Sie auch Angst vor Ihrer Großmutter?«

»Ja, als Kind auf jeden Fall.« Er schluckt hörbar und sammelt sich, bevor er weiterspricht. »Meine Mutter hat sich umgebracht, als ich noch nicht mal im Schulalter war, danach hatte Papa eine Frau nach der anderen. Vermutlich war es vor meiner Geburt auch nicht anders. Mit Tills Mutter war er auch nicht lange verheiratet. Auch unsere Kindermädchen wechselten ständig, aber wenn es um wichtige Dinge ging, wie die Internatsunterbringung, hatte immer Großmutter das letzte Wort. Wer zahlt, schafft an, das war immer schon so. Andererseits muss ich zugeben, dass wir im Internat besser aufgehoben waren als bei meinem Vater.«

»Überall auf der Welt ist man besser aufgehoben als bei Onkel Barnd«, murmelt Ebba.

»Was ist euer Tipp?«, fragt Sophie nun bewusst jovial. »Wenn ihr Wetten abschließen würdet, wem würdet ihr zutrauen, eure Großmutter ermordet zu haben?«

Ebba sieht nun so aus, als ob sie sich am liebsten in sich selbst verkriechen würde und Jan wendet sich ab.

Sophie wartet geduldig.

»Mein Vater war sehr wütend auf Oma, das werden Ihnen alle erzählen«, sagt Jan schließlich. »Er ist ein Spieler, und zwar einer von denen, die alles verspielen. Er hat sie gehasst, weil sie ihm den Geldhahn völlig zugedreht hat.«

»Das ist sehr mutig, dass Sie mir das erzählen«, bedankt sich Sophie und denkt bei sich, wie schlimm es wohl sein muss, so einen Menschen zum Vater zu haben.

»Onkel Barnd ist nicht der Einzige, der sie gehasst hat«, sagt Ebba plötzlich.

»Wer noch?«

»Alle. Nun ja, Daya vielleicht nicht, aber sonst alle. Mama auf jeden Fall. Und Onkel Tamme. Tante Yalene sowieso. Aber am meisten das Personal. Sie hätten mal sehen müssen, wie sie mit denen umgegangen ist. Ihr heiß geliebter Butler hinkt bereits, und sie ließ ihn ständig hin und her rennen. Und der Hausdame hat sie immer so viel Druck gemacht, dass sie schon zweimal ohnmächtig geworden ist. Natürlich sagen die nie etwas, aber ich sage ja auch nichts. Trotzdem habe ich sie gehasst.«

Sophie erhebt sich.

»Danke für Ihre Offenheit. Wenn Ihnen noch etwas einfällt, können Sie sich jederzeit an mich wenden.«

»Danke«, sagt Ebba.

Jan Boekhoff nickt bloß. Sein Blick ist irgendwie leer.

17

Nachdem die Enkelkinder des Mordopfers den Raum verlassen haben, greift Sophie zum Handy und bestellt vier Pizzen.

Sie muss sich eingestehen, dass es ihr gefallen hat, bei der Bestellung zu sagen, »Bringen Sie die Pizzen bitte auf Schloss Uelvesbüll. Die Beamten am Eingang finden mich dann schon.«

Kaum hat sie das Gespräch beendet, geht die Tür auf und Svenja schlüpft herein. Sie lässt sich Sophie gegenüber in den Stuhl fallen und verdreht die Augen.

»Ich habe mit Adda Boekhoffs persönlichem Leibarzt gesprochen, aber das war ein sehr einseitiges Gespräch. Zusammengefasst hat der alte Krayenberg mich weder für voll genommen, noch mir irgendetwas verraten. Ausgenommen das Eine: Er sagte, Adda Boekhoff wäre wie immer gut gelaunt gewesen – bis zu dem Moment, als sie ihren Magenbitter kippte. Sie hat gleich darauf geflucht, dass er so scharf wäre und ihre Zunge taub machte. Überhaupt ging es dann sehr schnell mit den Schmerzen los. Davon abgesehen konnte er nichts beitragen – weder etwas, das uns weiterhilft, noch ganz allgemein über ihren Gesundheitszustand. Ohne Beschluss wären ihm leider die Hände gebunden . . . pah! Ich wünschte, das wäre wirklich so gewesen. Denn er hat mich mit seinen knöchernen Pranken ständig betatscht.

Immer so völlig unabsichtlich sich ergebende Berührungen. Gerade mal so viel, dass du nicht wirklich etwas sagen kannst, aber nerven tut es trotzdem.«

»Hast du denn gar nichts von Interesse erfahren?«, will Sophie wissen.

»Denke nicht. Er hat ein Loblied auf die Verstorbene gesungen, dass man meinen könnte, der reinste Engel wäre von uns gegangen, und er kann die Erben nicht leiden. Bei Tamme war er noch recht zurückhaltend, aber gegen Barnd und Bonna hat er kräftig ausgeteilt.«

»In welcher Art?«

»Dass die arme Adda sich Sorgen machen musste...«

Die Tür schwingt auf und Jasper steht mitten im Raum.

»Mann, hab ich Kohldampf. Irgendwo in diesem Schloss muss eine Küche sein, und der Geruch, der sich überall ausbreitet, macht mich völlig wuschig. Aber der Hegel, dieser alte Anwalt, hat mir bloß Rollmöpse angeboten. Und die sahen genauso vertrocknet aus wie er selbst. Entschuldige Svenja, ich hab dich unterbrochen. Worüber musste sich die arme Adda Sorgen machen?«

»Über ihre missratene Brut.«

»Ha! Genau das Gleiche hab ich auch zu hören bekommen. Der Hegel hat gar nicht mehr aufgehört, die Nachkommen des Opfers schlechtzumachen. Speziell Barnd ist ein Ungeheuer in Menschengestalt.«

»Wie hat der Hegel Addas Tod erlebt? Soweit ich weiß, saß er neben ihr«, will Sophie wissen.

»Richtig. Er sagte, alles wäre wie immer gewesen, bis die Alte den Magenbitter trank. Den hat sie nicht vertragen. Unmittelbar danach gings bergab.«

Svenja nickt. »Scheint, als ob sich diesbezüglich alle einig sind.«

Übergangslos setzt Jasper einen flehenden Blick auf

und wendet sich direkt an Sophie.

»Was denkst du, können wir von der Küche hier auch etwas bekommen?«

»Das weiß ich nicht und ich wollte nicht fragen. Deshalb habe ich . . .«

Der Rest geht in einem lauten Klopfen unter.

»Herein«, ruft Jasper und traut seinen Augen nicht, als der Sicherheitschef mit vier Pizzakartons am Arm eintritt.

»Herr Berg, was für eine Freude!«, begrüßt ihn Sophie.

»Aber echt!« Jasper nimmt ihm mit strahlendem Lächeln die Kartons ab. »Immer nur herein mit den guten Sachen.«

»Ich bringe auch eine schlechte Nachricht mit«, gesteht Heiko Berg bedrückt. »Wir haben Antje Giebel gefunden. Sie ist schwer verletzt. Ich habe sie deshalb sofort ins Krankenhaus bringen lassen.«

»Wie bitte?« Sophie springt empört auf. »Was ist ihr zugestoßen?«

»Das kann ich nicht sagen, darüber haben wir nicht gesprochen.«

»Sind Sie von allen guten Geistern verlassen?«, poltert Sophie nun los. »Sie haben hier die Kripo im Haus und geben nicht Bescheid, wenn eine Verletzte gefunden wird? Noch dazu eine, die wir bereits suchen? Verstehen Sie das unter Kooperation?«

»Ich verstehe die Aufregung nicht, ich habe doch bloß meinen Job gemacht«, rechtfertigt sich Berg mit gekränktem Blick.

»Soll das heißen, Sie hatten die Anordnung an der Polizei vorbeizuhandeln?«

Heiko Berg schluckt.

»Natürlich nicht. Ich wollte bloß das Richtige tun.«

Er schickt sich nun an, den Raum wieder verlassen zu wollen, doch da hat er die Rechnung ohne Sophie gemacht.

»Nichts da, Sie bleiben hier. Mit Ihnen bin ich noch lange nicht fertig.«

18

Nach einer mehr oder weniger improvisierten Pressekonferenz, bei der mehr Fragen aufgeworfen als beantwortet wurden, ist Hauptkommissar Thomsen seinem Team auf Schloss Uelvesbüll nachgefolgt.

In dem Speisesaal, in dem Adda Boekhoff zu Tode kam und der nun akribisch von den Kollegen des Spurensicherungsdienstes untersucht wird, begrüßt ihn zu seiner Überraschung nicht der Sicherheitschef, sondern ein kaltschnäuziger Anwalt, der sich als Dr. Lutz vorstellt.

»Ich bin der legitimierte Vertreter des neuen Schlossherrn, Tamme Boekhoff. Mein Mandant hat mich beauftragt, Ihre Truppe zu überwachen«, erklärt er, während er sich einen Stuhl heranzieht, um dieser Aufgabe nunmehr sitzend nachzukommen.

Thomsen ist nicht erfreut und bringt das durch seine Stimmlage deutlich zum Ausdruck.

»Sie müssen beachten, dass Sie in keiner Form eingreifen dürfen. Insbesondere dürfen Sie nichts an sich nehmen.«

Der Anwalt nickt stoisch.

»Wo ist Ihr Mandant jetzt?«

»Er hat sich im Westflügel ein Büro eingerichtet, er hat schließlich einiges zu erledigen.«

Thomsen, der den Drang verspürt, sich dringend mit Tamme Boekhoff zu unterhalten, überlegt es sich auf halbem Weg anders und beschließt, sich zuerst mit seinem Team auszutauschen. Der Fall hat noch nicht einmal richtig begonnen und schon raucht ihm der Kopf von den vielen Zurufen, die er seit heute Morgen erhalten hat.

Der Dienststellenleiter hat bereits zweimal angerufen, der Kriminaldirektor dreimal. Die Anrufe der Pressevertreter, die nach der Pressekonferenz noch zusätzliche Infos wollten, kann er gar nicht mehr zählen.

Und schon wieder läutet das Handy.

Kriminaldirektor Paulsen steht auf dem Display. Sein vierter Anruf.

Thomsen seufzt.

»Ja?«

»Soeben bekam ich eine Beschwerde von einer gewissen Daya Boekhoff, offenbar einer Enkelin der Verstorbenen, die sehr schlecht von deiner Oberkommissarin behandelt wurde. So ein negatives Image können wir uns nicht leisten. Diese Daya hat über zweihunderttausend Follower auf Instagram. Ich muss dich wirklich bitten, die Sache an dich zu ziehen und äußerst diplomatisch vorzugehen.«

»Sowieso«, brummt Thomsen und legt auf. Als ob man mit Diplomatie einen Mordfall lösen könnte und dann noch im Alleingang. Nun, der Paulsen war immer schon einer, der sich gern bei den Oberen beliebt machte, sonst wäre er wohl auch nicht Direktor geworden. Das Einzige, was Thomsen wirklich verwundert, ist, dass im Sprachschatz des Kriminaldirektors die Wörter Instagram und Follower vorkommen. Das letzte Mal, als er ihn persönlich getroffen hat, hielt er sein Smartphone noch wie eine Art Insekt von sich.

»Suchen Sie Ihr Team?« Eine betont bieder gekleidete Frau mit silbergrauem Pagenschnitt und einem freundlichen Lächeln steht plötzlich vor ihm.

»Ja.«

»Dann kommen Sie mit.«

Zwei Türen weiter wird er nun Zeuge, wie die Meerkatz einen Hünen im Anzug verbal zur Schnecke macht. Der sieht bereits aus, als ob er höllische Zahnschmerzen hätte, während Jasper und Svenja daneben sitzen und das Spektakel mit einem Pizzastück in der Hand genießen.

»Was ist hier los?«

»Rüde! Endlich!«

Überrascht registriert Thomsen, dass sich die Meerkatz tatsächlich freut, ihn zu sehen. Und nach allem, was sie ihm nun erzählt, kann er ihr die Empörung sogar nachfühlen.

»Sie wussten, dass wir nach Antje Giebel suchten, und haben sie absichtlich an uns vorbei ins Krankenhaus geschleust?«, geht er nun selbst auf den Sicherheitchef los.

»Ich wollte doch bloß, dass sie rasch Hilfe bekommt...«

»Daran sind wir wohl alle interessiert, denken Sie nicht?«

»Doch, natürlich.«

»Was sagt das Krankenhaus?«, fragt Thomsen. So, wie er die Meerkatz kennt, hat sie dort längst angerufen.

»Die diensthabende Schwester hat mich wissen lassen, dass Frau Giebel zurzeit nicht bei Bewusstsein ist und sie überdies nicht befugt ist, telefonische Auskünfte zu erteilen«, schnaubt sie prompt.

»Das heißt, wir wissen weder, welcher Art Frau Giebels Verletzungen sind, noch wodurch oder von wem sie verursacht wurden?«

»Exakt.«

»Nun Herr . . .«

»Berg«, hilft Svenja aus.

»Richtig, Herr Berg«, knurrt Thomsen. »Dann teilen Sie mal Ihr Wissen. Wo haben Sie die Verletzte gefunden und in welchem Zustand war sie?«

»Ein Mitarbeiter von mir fand sie im Lebensmittelkeller, unweit vom Lieferanteneingang. Es machte den Anschein, als hätte sie sich dort versteckt.«

»Wie sah sie aus?«

»Nicht so gut, eher als ob sie die Treppe hinuntergestürzt wäre, deshalb habe ich sie sofort ins Krankenhaus bringen lassen.«

Thomsen kneift die Augen zusammen, während er den Mann mustert. Sein Anzug wirkt an einigen Stellen bereits durchgeschwitzt.

»Wer hat das angeordnet?«

»Was meinen Sie . . . ?«

»Machen Sie hier nicht einen auf dämlich! Sie wussten, wir hatten Interesse an der Frau, also wer hat Sie beauftragt, sie ungesehen aus dem Schloss zu schaffen?«

»Nun, ich hielt das für meine Pflicht . . .«

»Mir reißt gleich der Geduldsfaden und ich nehme Sie fest wegen Behinderung einer Mordermittlung!«, brüllt Thomsen los und greift demonstrativ nach den Handschellen.

»Tamme Boekhoff«, spuckt der Muskelprotz nun aus. »Es war Tamme Boekhoff.«

»Fein.« Rüdiger Thomsen wirft seinem Team einen triumphierenden Blick zu. »Dann statte ich dem neuen Schlossherrn gleich einen besonders freundlichen Besuch ab. Und du, Jasper, fährst in die Klinik und fragst dort nach Antje Giebel.«

19

Die Sekretärin im Vorraum von Tamme Boekhoffs Büro versucht vergeblich den Hauptkommissar aufzuhalten. Einer Naturgewalt gleich stürmt er den Raum, den der frisch gebackene Schlossherr als provisorisches Büro für sich reklamiert hat. Sophie bleibt ihm dicht auf den Fersen.

»Was fällt Ihnen ein?« Boekhoff stemmt seine Körpermasse aus dem Lederdrehstuhl hinter dem Schreibtisch.

»Dasselbe wollte ich Sie gerade fragen!«, blafft Thomsen. »Was haben Sie sich dabei gedacht, Beweise in einem Mordfall zu unterdrücken? Sie wissen, dass das strafbar ist!«

»Wie bitte?«

»Ihre Mutter wurde vergiftet.«

»Ach.« Boekhoff sinkt wieder in den Stuhl zurück. »Ist das so? Womit denn?«

»Das wüssten wir auch gern. Die Tests laufen noch. Ich möchte jetzt von Ihnen wissen, was Sie sich dabei gedacht haben, Ihren Sicherheitschef anzuweisen, Antje Giebel hinter unserem Rücken ins Krankenhaus zu bringen?«

»Äh . . .«

»Sie ist die Freundin Ihres Bruders, mit der wir dringend sprechen wollten. Denken Sie, das hilft Ihrem

Bruder, wenn wir Frau Giebel erst im Krankenhaus befragen können?«

»Äh . . . ich hatte nicht die Absicht, meinen Bruder zu schützen.«

»Sondern?«

»Ich wollte nicht noch mehr *Yellow Press* für meine Familie, die Sache ist unangenehm genug. Es sollte nicht publik werden, dass . . .« Der dicke Schlosserbe verstummt plötzlich.

»Dass Ihr Bruder seine Freundin verprügelt?«, schießt Sophie ins Blaue.

An dem beschämten Blick ihres Gegenübers kann sie erkennen, dass sie ins Schwarze getroffen hat.

»Das können wir Ihnen als Beihilfe auslegen«, erklärt Thomsen mit drohendem Unterton. »Ich würde vorschlagen, Sie kooperieren von jetzt an mit uns. Und zwar richtig.«

Das teigige Gesicht sieht eine Weile missmutig drein.

»Wenn Sie denken, Sie können so mit mir reden, haben Sie sich geschnitten«, blafft er plötzlich und greift mit hochrotem Kopf zum Telefonhörer. »Lutz? Kommen Sie rüber in mein Büro. Ich brauche Sie hier.«

* * *

Rechtsanwalt Lutz steht stramm neben seinem Mandanten, während er sich die Situation erklären lässt. Wobei erklären vielleicht zu hochgegriffen ist.

»Machen Sie diesem Schwachsinn ein Ende«, lautet sein genauer Auftrag.

Dr. Lutz braucht drei Minuten, um zu beweisen, dass er sein Geld wert ist. Genauso lange dauert es nämlich, bis ihm einfällt, wie er die Kripobeamten für die Interessen seines Mandanten einsetzen kann.

»Herr Hauptkommissar, haben Sie Barnd Boekhoff bereits verhaftet?«

»Das haben wir als Nächstes vor«, knurrt Thomsen. »Aber um ihn zu verhaften, müssen wir ihm etwas vorwerfen können. Was uns leichter fallen würde, wenn wir Frau Giebels Aussage hätten. Ganz besonders, falls er derjenige ist, der für Ihre Verletzungen verantwortlich ist.«

»Verstehe«, antwortet Dr. Lutz und offenbar tut dies auch Tamme Boekhoff, denn Thomsen sieht ihm an, dass er sich nun am liebsten in den Hintern beißen würde, weil er die Verhaftung seines verhassten Bruders vereitelt hat.

»Ich fasse zusammen«, führt der Anwalt nun weiter aus. »Sie werfen meinem Mandanten vor, dass er Frau Giebel schnellstmöglich in ärztliche Obhut bringen ließ, sehen aber keinen Grund, in Barnd Boekhoffs Suite mit Vorwürfen aufzutauchen. Ich finde, das sollten Sie dringend tun. Vielleicht ist er verkatert genug, um sofort zu gestehen.«

Dass an diesem Vorschlag etwas dran ist, muss Thomsen zähneknirschend eingestehen. Barnd Boekhoff vorläufig festzunehmen ist tatsächlich vordringlich. Auch, wenn die Einvernahme von Antje Giebel noch aussteht. Doch genau in dem Moment, als er und Sophie Tamme Boekhoffs Büro verlassen wollen, stürzt Bonna herein. Mit vor Aufregung leuchtend roten Wangen.

»Ist das wahr? Barnd hat schon wieder eine seiner Freundinnen verprügelt?«

Tamme seufzt. Offenbar sind die Buschtrommeln bereits aktiv.

»Sagen Sie es mir.« Sie richtet ihre stechend blauen Augen direkt auf den Hauptkommissar.

»Wir wissen es noch nicht. Wir wollten gerade . . .«

»Ich sage Ihnen, das war garantiert Barnd, dieser Dreckskerl. Haben Sie ihn schon festgenommen?«

»Nein, aber wir haben es vor«, erklärt Thomsen auf dem Weg zur Tür.

Sofort sieht sie zufriedener drein.

»Gut. Ich zeige Ihnen den kürzesten Weg zu seiner Suite.«

Bei Barnd Boekhoffs Suite angekommen, erwartet sie jedoch eine unangenehme Überraschung. Sie treffen bloß eine Bedienstete an, die bei weit geöffneten Fenstern die Räumlichkeiten wieder auf Vordermann bringt.

»Wo ist er hin?«, fragt Bonna.

»Das weiß ich nicht.« Die junge Angestellte zieht die Bettlaken glatt. »Es war niemand da, als ich hereinkam.«

»Wann war das?«, will Thomsen genau wissen.

»Vor zehn Minuten.«

»Mist.«

20

Die diensthabende Krankenschwester am Empfang wirft ihm nun schon zum dritten Mal so einen seltsamen Blick zu. Verunsichert kratzt sich Jasper am Hinterkopf. Ob das diese Blicke sind, über die Svenja unlängst gesprochen hat, jene, auf die er achten soll? Signale bei Frauen zu deuten ist leider eine wirklich schwierige Angelegenheit.

Jedenfalls war sie sehr freundlich zu ihm, auch wenn sie ihn bloß vertröstet hat. Es ist schließlich nicht ihre Schuld, dass Antje Giebel noch operiert wird. Angeblich ein Milzriss.

»Möchten Sie vielleicht einen Kaffee, um die Wartezeit zu verkürzen?«

Ja, das ist eindeutig ein Lächeln auf ihrem Gesicht.

»Gern, das ist sehr nett von Ihnen.« Ein wenig schüchtern lächelt er zurück. Doch das klingelnde Telefon auf ihrem Pult kommt dazwischen.

»Frau Giebel hat die Operation gut überstanden«, erklärt sie ihm, nachdem sie wieder aufgelegt hat. »Aber sie bekommt starke Schmerzmittel und wird vermutlich erst morgen ansprechbar sein.«

»Das ist schade«, meint Jasper, und denkt dabei auch an den Kaffee, auf den er sich schon gefreut hat.

Doch die Weisung seines Chefs war eindeutig. Er soll so schnell wie möglich aufs Schloss zurückkehren. Und so einladend das warmherzige Lächeln der Krankenschwester mit dem brünetten Pferdeschwanz auch ist, Dienst geht vor.

* * *

Während Thomsen frustriert in Barnd Boekhoffs leerer Suite steht, läuft sein Handy heiß. Gerade eben hat sich Jasper aus dem Krankenhaus gemeldet, nun hat er Tjark Frerichs, den Chef der KTU, in der Leitung. Sämtliche Gläser und Gedecke von Adda Boekhoffs Essplatz wären untersucht, nirgendwo hätten sich ungewöhnliche Substanzen entdecken lassen. Nicht ein Hauch von Gift – auch nicht in jenem Schnapsglas, von dem sie – nach Aussagen ihrer Sitznachbarn – zuletzt trank. Frerichs beendet das Gespräch mit dem Versprechen, sich wieder zu melden, sobald sie mehr wüssten.

21

Als der Hauptkommissar gerade dabei ist, die Suche nach Barnd Boekhoff zu organisieren, meldet sich Jochen Rambert, der Leiter des Spurensicherungstrupps, mit dem Hinweis, das Team der Kripo wäre nun in den Privaträumlichkeiten des Opfers willkommen.

Thomsen schickt Sophie und Svenja zur Unterstützung und betont, schnellstmöglich nachzukommen.

Svenja ist völlig aus dem Häuschen.

»Ich bin schon so gespannt auf diese Räume. Wie wohnt eine Frau, die sich alles leisten kann?«

Wie sich herausstellt – unfassbar luxuriös. Adda Boekhoff bewohnte an die fünfhundert Quadratmeter im besten Teil des Anwesens. Die Räume sind riesig, mit jeder Menge Erker und Terrassen und die Einrichtung zeugt von einer Noblesse, die Svenja völlig aus der Fassung bringt. Die Möbel, Teppiche und Vorhänge ergeben mit den Bildern, Kunstwerken und Pflanzen ein Gesamtkunstwerk, das Millionen gekostet haben muss.

»Das ist Wahnsinn«, japst sie, während sie sich wie geblendet im Kreis dreht.

Auch Sophie ist beeindruckt. »Dass es tatsächlich Menschen gibt, die so leben . . .«

»Wir machen Routine-Checks«, erklärt Jochen Rambert mit einer Nüchternheit, die so gar nicht in dieses Ambiente passt. »Die Medikamente im Bad, die

Geheimnisse im Nachtkästchen, das Übliche eben.«

»Okay«, antwortet Sophie noch ein wenig geplättet. »Wir sehen uns hier um – natürlich ohne etwas anzufassen.«

Der Kollege im weißen Overall wirft einen Seitenblick auf Svenja, die vor dem Eisbärenfell am Kamin kniet und mit beiden Händen darüberstreicht.

»Ich hoffe, sie weiß das auch.«

»Selbstverständlich.«

Noch bevor Sophie dazu kommt, ihre Kollegin an ihre Pflichten zu erinnern, dringen laute und unangenehme Geräusche an ihr Ohr, die rasch näher kommen. Eine Art Mischung aus Getrampel und Gefluche.

»Das könnte dir so passen!«

»Es war Mamas Wunsch!«

»Niemals. Die Alte hätte hier lieber alles abgefackelt, als dich und Yalene in ihrem Bett zu wissen.«

»Das ist nicht wahr. Sie hat sogar im Testament festgelegt, dass nach ihrem Tod das Schloss auf mich übergeht.«

»Das ist Blödsinn und das weißt du auch. Ich kenne ihr Testament. Das Schloss hat sie mir vermacht.«

»Das ist das reinste Wunschdenken, du hast hier nichts verloren.«

»Nein, du bist hier falsch. Und ich gebe dir einen guten Rat: Leg dich nicht mit mir an, du Fettsack!«

»Ha! Als ob ich es nötig hätte, mich vor einer Schlampe wie dir zu fürchten!«

Sophie rauft sich die Haare. Nachdem der ungeliebte jüngere Bruder als Hassobjekt fürs Erste aus dem Spiel ist, haben die beiden verbliebenen Geschwister wohl derzeit nichts Besseres zu tun, als sich um die Privaträume ihrer verstorbenen Mutter zu streiten. Die beiden sind so in ihren Konflikt vertieft, dass ihnen die Anwesenheit der

Kripobeamten nicht einmal auffällt.

Sophie stellt sich ihnen in den Weg.

»Dieser Raum ist zurzeit Gegenstand der Ermittlungen. Ich muss Sie bitten, Ihr Gespräch woanders weiterzuführen.«

»Wie bitte?« Bonnas Augen werden groß und rund.

»Das ist doch die Höhe!«, schimpft nun auch Tamme.

»Hören Sie, ganz bestimmt möchte ich Ihrem Streit nicht im Weg stehen, aber hier ist zurzeit die Spurensicherung am Werk.«

»Wozu das denn?«, fragt Tamme mit einer Arroganz, die ihresgleichen sucht.

»Ja genau, was soll das bringen, hier ist sie ja gar nicht gestorben«, echot Bonna.

»Das ist korrekt, aber das Gift könnte sie hier aufbewahrt haben. Wir könnten weitere Mengen davon finden . . .«

»Aber dann wäre es Selbstmord«, blafft Tamme.

»Und kein Mord«, ergänzt seine Schwester. »Dürfen Sie dann überhaupt hier sein?«

Svenja, die sich längst vom Bärenfell gelöst hat und Sophie tapfer zur Seite steht, bleibt der Mund offen stehen bei so viel dekadenter Dummheit.

»Sicher«, erwidert Sophie völlig ruhig. »Wir ermitteln bei jedem Verdacht auf einen unnatürlichen Todesfall. Es ist schon oft vorgekommen, dass ein Mord vom Mörder wie ein Selbstmord dargestellt wird.«

»Das stimmt, das war beim Tatort letzten Sonntag auch der Fall«, stimmt Tamme überraschend zu.

»Ja, da kennst du dich aus«, ätzt Bonna. »Vor der Glotze sitzen und Chips futtern bis die Hose platzt – das war immer schon deine Leidenschaft.« Plötzlich wendet sie sich wieder an Sophie. »Hat der Barnd die Mama nun umgebracht oder nicht?«

»Äh . . .« Sophie ist nicht leicht um eine Antwort verlegen, aber diese Frau bringt sie wirklich an ihre Grenzen.

»Wir denken, dass er es getan hat«, springt Svenja ein, »und unsere Kollegen von der Spurensicherung geben sich alle Mühe, es zu beweisen.«

»Das ist gut«, gibt Tamme Boekhoff großzügig seinen Segen.

»Ja, das gefällt mir auch. Sagen Sie Bescheid, wenn Sie fertig sind, damit ich endlich hier einziehen kann«, erklärt Bonna mit einer affektierten Geste, dreht sich auf dem Absatz um und stöckelt wieder auf den Gang hinaus.

Tamme watschelt ihr wütend hinterher. »Das wirst du nicht. Mama hat ausdrücklich in ihrem Testament festgelegt, dass . . .«

Mit ein paar schnellen Schritten ist Sophie bei der Tür und schließt sie hinter den beiden. Dann lehnt sie sich dagegen und bläst langsam die Luft aus, während sie die Augen bis zur Decke verdreht.

»Die möchte man echt mit den Köpfen gegeneinander schlagen«, sagt Svenja.

22

In Barnd Boekhoffs privater Suite hat Thomsen soeben das Zimmermädchen zum Weinen gebracht. Denn der Befehl, nichts mehr aufzuräumen und schon gar nichts mehr sauberzumachen, geht klar gegen ihre Dienstanweisung.

»Sagen Sie mir Ihren Namen und wir verständigen Sie, wenn die Räume hier wieder freigegeben sind. Wann haben Sie Herrn Boekhoff zum letzten Mal gesehen?«

»Anna Focken«, schnieft das schmächtige Mädchen mit den dünnen blonden Haaren, die sie zu einem Zopf zusammengebunden trägt. »Den Herrn Boekhoff hab ich heute gar nicht gesehen. Die Räume hier waren schon leer, als ich gekommen bin.«

»Ist er oft hier – über Nacht?«

»Nun, oft wäre übertrieben, aber doch hin und wieder.«

»Arbeiten Sie gerne für ihn?«

»Selbstverständlich. Ich bin auf das Geld angewiesen.«

Das sind eigentlich zwei verschiedene Antworten, denkt Thomsen, geht aber nicht näher darauf ein.

»Barnd Boekhoff hatte dieses Mal eine Begleitung dabei, hat sie ebenfalls in dieser Suite übernachtet?«

»Ja.«

»Kennen Sie die Frau Giebel schon länger?«

»Ja, seit ein paar Wochen.«

»Haben Sie vielleicht mitbekommen, dass die beiden einen Streit hatten?«

»Äh . . . ich werde dafür bezahlt, dass ich diskret bin.«

Die junge Frau verzieht nun das Gesicht in der Art, als ob sich ihr Magen zusammenkrampfen würde.

Thomsen zieht die Augenbrauen hoch. Er beschließt, dass es an der Zeit ist, einen Gang zuzulegen.

»Werden Sie fürs Saubermachen bezahlt oder erhalten Sie Schweigegeld, um ein Verbrechen zu vertuschen?«

Die erschrockenen Augen der jungen Frau signalisieren ihm, dass er auf dem richtigen Weg ist.

»Fürs Saubermachen natürlich.«

»Dachte ich mir, denn so wie ich Sie einschätze, wollen Sie nicht auf der Anklagebank sitzen, wenn wegen schwerer Körperverletzung verhandelt wird.« Er tritt nun einen großen Schritt auf sie zu und unterschreitet ganz bewusst jenen Abstand, den Menschen als angenehm empfinden. »Frau Giebel ist nämlich sehr schwer verletzt, möglicherweise stirbt sie im Krankenhaus.«

»Oh mein Gott!«

Wie erwartet kullern die Tränen, und Anna Focken verspricht hoch und heilig, alles zu erzählen und nichts wegzulassen.

Zufrieden bietet Thomsen ihr einen Stuhl an und stellt das Aufnahmegerät mitten auf den Tisch.

»Wir werden uns später noch ausführlicher unterhalten. Fürs Erste erzählen Sie mir alles, was Sie an Klatsch an ihre beste Freundin weitergeben würden.«

»Okay. Herr Boekhoff hat sie angeschrien.«

»Sie meinen die Frau Giebel?«

»Ja.«

»Wann war das?«

»Gestern. Kurz vor dem Essen. Ich war hier, weil ich die Räumlichkeiten für die Nacht vorbereiten wollte. Ich dachte, die beiden wären mit den anderen Gästen bei der Party, aber sie kamen kurz vor dem Abendessen und schickten mich sofort hinaus. Ich konnte trotzdem hören, dass sie stritten.«

»Worüber?«

»Das weiß ich nicht. Ich hatte auch Angst, genau vor der Tür zu stehen, ich wartete ein Stück weiter weg. Da hab ich nur die besonders lauten Wortfetzen mitbekommen. Einmal hat sie geschrien *dann gehe ich eben*.«

»Und er?«

»Er hat sie ziemlich wüst beschimpft.«

»Und dann?«

»Nichts. Sie gingen gemeinsam zum Essen und ich bin wieder an die Arbeit gegangen.«

»Haben Sie Frau Giebel später noch mal gesehen?«

»Nein, aber ich blieb auch nicht mehr lange.«

»Wie sah es hier aus, als Sie heute mit dem Putzen begonnen haben?«

»Schon recht durcheinander.«

»Haben Sie Blutspuren weggewischt?«

»Blut? Oh mein Gott, nein, natürlich nicht. Es war bloß unordentlich. Auch Scherben lagen herum, aber ich schwöre, Blut war keines dabei.«

»Waren Sie auch im Badezimmer?«

»Nein, noch nicht. Ich habe ja gerade erst begonnen, das Schlafzimmer aufzuräumen. Das Badezimmer und die Toilette mache ich immer zum Schluss.«

»Ist es diese Tür?« Thomsen deutet auf eine Doppelflügeltür.

»Nein, da geht es in den Salon. Das Badezimmer ist gleich hier nebenan.« Sie deutet auf die Tür, die dem Eingang zur Suite am nächsten liegt.

Sorgfältig inspiziert er die Klinke und zieht einen

Plastikhandschuh über, bevor er sie hinunterdrückt.

Nachdem in diesem Bad die gesamte Einrichtung in Weiß gehalten ist, treten die verschmierten Blutspuren besonders intensiv hervor. Hauptsächlich am Waschbecken und am Wannenrand. Ganz so, als ob sich Antje Giebel festhalten oder abstützen wollte.

Als Thomsen sich umdreht, stößt er gegen Anna, die ihm gefolgt ist. Mit weit aufgerissenen Augen hält sie sich selbst den Mund zu.

Sie tut ihm leid und er versucht es mit einem gut gemeinten väterlichen Lächeln.

»Gehen Sie jetzt nach Hause. Das ist eine polizeiliche Anordnung.«

23

Als Thomsen endlich hinter dem Steuer sitzt und bei völliger Finsternis seinen Landrover heimwärts steuert, spürt er die Anstrengungen des Tages bis in die Knochen. Das Chaos in diesem verdammten Schloss ist perfekt. Der Hauptverdächtige entstammt einer der einflussreichsten Familien in Schleswig-Holstein und ist ihnen zudem vor der Nase entwischt. Seine Freundin liegt schwer verletzt im Krankenhaus und ist immer noch nicht fähig auszusagen. Und all jene, die irgendein höheres Amt bei der Polizei oder sonst wo bekleiden, haben gute Ratschläge für ihn.

Nun, zumindest das Wichtigste und Vordringlichste konnte er durchsetzen. Die Fahndung nach Barnd Boekhoff ist raus, und die Spurensicherung kann ihrer Arbeit in weiten Teilen des Schlosses, inklusive Barnd Boekhoffs privater Suite, nachgehen. Beides hinzubekommen, war keine leichte Aufgabe.

Übermüdet bei Glatteis heimzufahren ist ebenfalls kein Kinderspiel. Zudem läutet sein Handy schon wieder. Ein Blick auf das Display verrät ihm, dass es Maike ist. Sie ruft bereits zum dritten Mal an.

Diesmal ist er in der Lage, den Anruf anzunehmen und nach einem schnellen Tastendruck schallt die Stimme seiner Liebsten via Freisprecheinrichtung aus den Lautsprechern.

»Mensch, Bärchen, bist du endlich auf dem Heimweg?«
»Ja. Und *endlich* ist genau das richtige Wort dafür. Ich dachte schon, dieser Tag endet nie.«
»Dafür durftest du ihn auf einem Schloss verbringen. Oh Mann, wir sprechen hier von Schloss Uelvesbüll – das wollte ich immer schon mal von innen sehen!«

»Wenn man es so sieht, dann hatte ich heute wohl meinen Traumtag.« Trotz seiner Erschöpfung muss Thomsen grinsen. Maikes unverhohlene Bewunderung ist Balsam für seine Seele.

»Meinst du, die könnten 'ne Friseurin brauchen? Eine, die zu ihnen aufs Schloss kommt? Ich würd da keinen Zuschlag verlangen.«

»Prima Idee«, lacht Thomsen. »Dem Nächsten, den ich verhafte, werde ich deinen Service anbieten. Selbstverständlich bevor wir das Polizeifoto schießen.«

»Hey, das war nicht witzig gemeint. Du kannst doch zumindest ein paar von meinen Visitenkarten auf den Schminktischen der Damen herumliegen lassen.«

»Weil ich die Damen an ihren Schminktischen befrage, hahaha. Hörst du meinen Magen knurren? Sag mir lieber, was es heute zu essen gibt, ich habe Hunger wie ein Bär.«

»Ich hab 'n Hühnchen im Rohr, aber so leicht kommst du mir nicht davon. Ich möchte zu gerne mal in dieses Schloss hineingucken dürfen.«

»Ich lass mir etwas einfallen«, versichert Thomsen. Das ist sein neuester Standardspruch für so ziemlich alles. Maike fühlt sich dann ernst genommen, und oft löst sich so manches Problemchen ohnehin ganz von allein. Doch nicht heute.

»Das hast du bei der Gertrud auch gesagt«, kommt es prompt retour.

»Und?«, fragt er müde und setzt in Gedanken hinzu, *bitte nicht schon wieder dieses Thema.*

»Heute ist Sonntag. Wie jeden zweiten Sonntag war sie wieder da.«

»Und?«

»Wieder mit dem gleichen kurzen Rock und den halterlosen Strümpfen.«

»Oh Mann . . .« Thomsen kratzt sich am Hinterkopf. Das Gemecker wegen der Haushaltshilfe regt ihn schön langsam auf. Die Gertrud kommt schon seit Jahren zu ihm, ist immer pünktlich, immer zuverlässig und sie putzt richtig gut. Also, seiner bescheidenen Meinung nach. Doch Maike sieht das anders. Sie hat ständig etwas zu bemängeln, doch am meisten stößt sie sich offenbar daran, dass Gertrud immer nur sonntags Zeit hat – und an ihrem Outfit.

»Was ist denn dabei, wenn sie sich sexy fühlen will, während sie putzt? Ich habe dir doch gesagt, dass ich nie etwas mit ihr hatte und auch nie etwas mit ihr anfangen würde. Sie ist dürr, richtig knochig, und du weißt, dass ich da nicht drauf stehe . . .«

»Sicher nicht?«

»Ganz sicher nicht. Was ich brauche ist 'ne Frau zum Anfassen. Eine mit weichen Rundungen. Das gefällt mir, Mäuschen.« Innerlich schüttelt Thomsen genervt den Kopf. Dieses Thema wiederholt sich seit Wochen jeden zweiten Sonntag. Dabei wünscht er sich nach einem so anstrengenden Tag wie heute einfach einen entspannten Abend vor dem Fernseher. Am liebsten mit einem guten Essen und einem Fußbad. Ja, nichts auf der Welt wünscht er sich gerade lieber als das.

Er holt tief Luft.

»Mausilein, du hast mehr Sex-Appeal als jede andere Frau, mit der ich je zusammen war. Und das ist mein voller Ernst.«

»Oh, das ist so lieb von dir.« Maikes Stimme klingt nun

ganz sanft. »Ich bin sicher, das Hühnchen wird ganz zart. Es riecht schon ganz wunderbar. Möchtest du heute vielleicht vor dem Fernseher essen? Mit einem Fußbad?«

»Das ist eine wunderbare Idee!« In Gedanken vollführt er die Strike-Geste. »Du bist die Allerbeste!«

Alles Übel kommt in Wellen

MONTAG

24

Jasper hat die Kaffeemaschine in Gang gesetzt, seine Unterlagen durchgesehen, die eingegangenen Berichte sortiert und das Telefon bewacht. Gegen acht hat er bereits seinen dritten Pott Kaffee geleert, doch von seinen Kolleginnen ist immer noch keine in Sicht.

Nicht einmal Svenja, die die letzten Tage immer pünktlich um sieben zur Stelle war.

Kurz nach acht schneit endlich Sophie zur Tür herein.

»Moin Jasper.«

»Moin Sophie.«

Sie hängt ihre Jacke auf, reibt sich die kalten Hände und steuert auf die Kaffeemaschine zu.

»Was Neues?«

»Sag du es mir.« Jasper kommt misstrauisch näher. »Ich war noch nie der Erste im Büro und schon gar nicht über 'ne Stunde lang.«

Sophie gähnt.

»Es gibt immer ein erstes Mal.«

»Wofür?«, fragt er irritiert.

Sophie hebt ihre müden Augenlider. »Für alles, mein Lieber. Für alles.«

Mit einer Energie, vergleichbar mit einer Sturmbö, fliegt die Glastür zum Großraum auf und Svenja fegt herein – mit einem Lächeln auf dem Gesicht wie der strahlende Morgen.

»Sieben Uhr früh ist meine neue Lieblingszeit!«

»Es ist schon deutlich nach acht«, antwortet Jasper und wundert sich, dass Svenja Sophie von hinten umarmt und auf die Wange küsst.

»Das war der beste Tipp ever. Ich fühle mich wie neugeboren! Und einen Appetit hab ich! Jasper, hast du was zum Essen da?«

»Sicher. Die Mutti gibt mir jeden Tag . . .«

»Lass sehen«, unterbricht Svenja und öffnet die Tupperdose mit den appetitlichen Schnittchen.

»Kaffee dazu?«, fragt Sophie und reicht ihr eine Tasse.

»Mann, die Welt hat heute andere Farben! So viel frischer und strahlender.«

Sophie lacht. »Du musst schon richtig ausgehungert gewesen sein.«

»Das kannst du laut sagen!« Svenja grinst über das ganze Gesicht.

»Bekommst du bei Okko kein Frühstück? Er hat doch einen Bio-Bauernhof.«

Svenja muss lachen, als sie Jaspers ratloses Gesicht sieht.

»Oh Mann, du brauchst dringend 'ne Freundin.«

»Schon, aber was . . .«

»Moin«, brummt Thomsen und es klingt ebenfalls deutlich heiterer als sonst.

»Netten Abend gehabt, Chef?«, grüßt Svenja zurück.

»Mhm.«

»Mit Fußbad?« Sie kichert und begibt sich in die Küche, um auch für ihn eine Tasse Kaffee zu holen.

»Nicht nur«, brummt er mehr für sich und es klingt ungemein zufrieden.

»Ach, was noch?«, fragt Jasper höflich.

Doch sein Chef zieht plötzlich die Brauen zusammen und wendet sich ab.

»Mann, du brauchst echt 'ne Freundin«, grummelt er, während er in sein Büro hinüberstapft.

* * *

»Was haben wir bis jetzt?«, eröffnet Thomsen die Morgenbesprechung, als alle um den runden Besprechungstisch in seinem Büro Platz genommen haben.

»Eine tote Diamantenwitwe und ein ganzes Schloss voller Verdächtiger«, fasst Svenja gut gelaunt zusammen.

Thomsen wirft ihr einen vorwurfsvollen Blick zu.

»Hat sich jemand die Mühe gemacht, den Stand der Ermittlungen aufzubereiten?« Er sieht zwischen seinen anderen beiden Mitarbeitern hin und her.

»Ja, ähem, ich hab heute Morgen alles zusammengetragen und sortiert«, beginnt Jasper. »Das Mordopfer ist vergiftet worden, und zwar mit einem schnell wirkenden Gift. Der Bericht, welches Gift es war, steht noch aus, wird jedoch hoffentlich bald einlangen – damit zusammenhängend auch die Information, wie es in den Körper gelangte. Untersucht wird der Mageninhalt, das Blut und der Urin des Opfers. Unser Favorit unter den möglichen Übeltätern ist derzeit der Magenbitter, weil all jene, die nahe am Opfer dran waren, übereinstimmend aussagten, dass die Probleme losgingen, nachdem sich das Opfer jenen genehmigt hatte.«

»Aber man kann auch die Schokomousse und den Champagner nicht ausschließen – ist das richtig?«, hakt Sophie nach.

»Ja, so hätte ich es verstanden«, stimmt Jasper zu.

»Und damit sind all jene verdächtig, die das Dessert

zubereitet oder serviert haben«, ergänzt Thomsen. »Oder die Getränke.«

»Richtig. Plus die beiden alten Freunde des Opfers, der Advokat und der Leibarzt, die genau neben ihr saßen und daher die Möglichkeit hatten, das Gift irgendwo unterzumischen«, ergänzt Sophie.

»Das trifft auch auf ihre Kinder und Enkelkinder zu. Die haben sich während des Essens alle mal genähert und mit Wangenküsschen ihre Gratulationen überbracht.«

»Till und Wiebke haben sogar ein Ständchen für die Oma gesungen«, berichtet Jasper.

»Und gar nicht mal schlecht, was man so hört«, kommentiert Svenja.

»Apropos Till und Wiebke«, schnappt Sophie den Köder. »Die beiden sind uns bisher durch jede Befragung geschlüpft. Ich habe sie ganz oben auf meiner Liste.«

»Bei mir steht da der Barnd Boekhoff«, widerspricht Thomsen. »Trotz groß angelegter Fahndung ist er uns noch nicht ins Netz gegangen. Auf dem Weg ins Büro habe ich mit Sören Rijnders telefoniert, der mit Kollegen im Schloss Wache schiebt. Der hat mir gestanden, dass sie noch immer keinen Überblick haben, ob, und wenn ja, welches Fahrzeug fehlt. Dort stehen Luxuskarossen ohne Ende.«

»Ist denn kein Wagen auf ihn zugelassen?«

»Nein. Nach allem, was wir bis jetzt wissen, hat er sich seine fahrbaren Untersätze üblicherweise aus Mamas Fuhrpark ausgeliehen.«

»Das heißt, aktuell kann uns niemand sagen, mit welchem Fahrzeug Barnd Boekhoff geflohen ist?«, fragt Sophie.

»Sieht so aus. Ganz abgesehen davon, dass er es jederzeit wechseln könnte. Bei seinen Verbindungen könnte er schon in einem Flugzeug über den Atlantik sitzen.«

Sophie sieht demonstrativ auf die Uhr. »Sogar Pazifik würde sich bereits ausgehen.«

»Ein Albtraum«, brummt Thomsen. »Jasper, du nimmst dich um diese ganze Fahrzeug- und Fluchtsache an. Diesen Kerl in die Finger zu bekommen hat oberste Priorität.«

»In Ordnung, Chef.«

»Und Meerkatz, du machst uns ein Raster, um die Verdächtigen zu minimieren. Das gesamte Küchen- und Servicepersonal zuzüglich sämtlicher Familienmitglieder ist ein viel zu großer Verdächtigenpool. Sieh dir dafür auch die Fotos und Videos der Gäste an, die wir erhalten haben.«

Während Sophie sich das notiert, geht Thomsen bereits zum nächsten Thema über.

»Wissen wir schon wie es diesem Model geht? Der Antje Gabel?«

»Giebel«, korrigiert Jasper. »Und nein. Bis jetzt hat sich noch niemand vom Krankenhaus bei uns gemeldet.«

»Fein. Ich meine, gar nicht fein. Svenja, du klemmst dich da dahinter. Wir müssen wissen, was zwischen dieser Giebel und dem Verdächtigen vorgefallen ist. Und wo er sich aufhalten könnte. Dieses Thema nehmen wir bei allen Befragungen heute mit auf die Agenda.«

»Geht klar«, meint Svenja und notiert sich das.

»Gibt es weitere Inputs?«, will Thomsen nun wissen.

»Ja«, bringt sich Sophie ein. »Ich denke, wir sollten das Testament kennen. Gestern haben sich Tamme und Bonna bis aufs Blut gestritten, wer in die Privaträume der verstorbenen Mutter einziehen darf. Dabei haben sich beide auf das Testament berufen. Deshalb hab ich den Verdacht, dass sie vielleicht unterschiedliche Fassungen davon haben . . .«

»Unterschiedliche Fassungen?« Thomsen zieht die Augenbrauen zusammen. »Wie meinst du denn das jetzt?«

»Nun, ein Testament ist grundsätzlich nicht einzementiert. Adda Boekhoff könnte es kurz vor ihrem Tod geändert haben . . .«

»Ah«, unterbricht Svenja, »jetzt versteh ich das. Sie hat den Erben geändert, und nur den neuen Begünstigten eingeweiht, weshalb auch nur der die richtige Kopie hat.«

»Das wäre doch möglich«, bekräftigt Sophie. »So eine Testamentsänderung könnte sogar der Auslöser für den Mord sein.«

»Aus Rache?«, fragt Jasper. »Weil nun jemand leer ausgeht?«

»Auch das kann man nicht ausschließen, aber ich dachte daran, dass jemand vielleicht eine geplante Testamentsänderung verhindern wollte. Oder das Testament wurde kürzlich geändert und ein Erbe wollte um jeden Preis sicherstellen, dass es nie wieder geändert wird.«

»Wow, das ist mal ein Motiv!« Jasper sieht Sophie bewundernd an.

»Aber das sind doch reine Spekulationen! Die bringen uns doch keinen Millimeter weiter«, entgegnet Thomsen und schlägt mit der Hand auf den Tisch.

»Ja«, gibt Sophie zu. »Noch. Aber wenn wir das letztgültige Testament mitsamt seinem Vorgänger und möglicherweise geplanten Änderungen kennen, kommen wir dem Motiv mit Sicherheit einen Schritt näher.«

»Ich weiß nicht«, grummelt Thomsen. »Ob das nicht bloß leere Kilometer sind? Denn der Verlierer wird mit Sicherheit Barnd Boekhoff sein, den wir bloß noch finden müssen.«

»Das glaube ich auch«, stimmt Svenja ihm zu. »Jeder

sagte bis jetzt, dass er schon seit langer Zeit bei seiner Mutti in Ungnade gefallen war. Trotzdem würde ich dieses Testament zu gerne lesen.«

»Hm ja, interessant wäre es wohl«, muss Thomsen zugeben, der nun, nachdem die Meerkatz dieses Thema angestoßen hat, von seiner eigenen Neugier geleitet wird. »Also gut, wenn es euch so wichtig ist, dann ruf ich eben den dicken Boekhoff und den alten Advokaten an. Die sollen mal vorbereiten, was Sache ist.«

25

Auf dem Parkplatz der Polizeiinspektion Husum trennen sich Jaspers und Svenjas Wege. Während Jasper sich zum Schloss aufmacht, um den Fuhrpark dort genauestens unter die Lupe zu nehmen, bricht Svenja in Richtung Krankenhaus auf, um endlich Antje Giebels Aussage aufzunehmen.

Als sie den Motor anlässt, steht Jasper plötzlich neben ihr und klopft an die Scheibe des Seitenfensters.

Sie lässt es herab.

»Bist du verrückt? Du hast mich voll erschreckt!«
»Tut mir leid, das wollte ich nicht.«
»Was willst du denn?«
»Also, wegen der Krankenschwester dort . . .«
»Was ist mit ihr?«
»Du hast mir doch gesagt, ich soll auf Signale achten und so . . .«
»Und?«, hakt Svenja nach, weil ihr Kollege neuerlich verstummt.
»Ja, also, die hat mir zugelächelt.«
»Ach, hat sie das?« Auf Svenjas Gesicht breitet sich ein Grinsen aus.
»Ja.«
»Und?«
»Es ist mir aufgefallen.«
»Gut. Und weiter?«

»Nichts weiter.«

»Nichts weiter? Deshalb stehst du jetzt hier?«

»Nun ja, vielleicht will ich dich um einen Gefallen bitten?«

»Nämlich?«

»Also vielleicht könntest du ihr liebe Grüße von mir bestellen?«

»Okay, du Liebeskranker.« Svenja schnappt sich einen Zettel und einen Stift aus der Mittelkonsole. »Wie heißt sie denn?«

»Äh . . .« Jasper kratzt sich verlegen an der beginnenden Halbglatze. »Das hab ich sie nicht gefragt, ich meine, so weit waren wir noch nicht . . .«

»Puhhh . . .« Svenja packt ihr Schreibzeug wieder weg. »Haarfarbe?«

»Brünett. Sie hatte einen Zopf. So einen Pferdeschwanz, wie du ihn trägst. Und ihr Lächeln war so richtig warmherzig.«

»Du bist wirklich ein schwieriger Fall«, stöhnt Svenja, »aber ich guck mal, was ich machen kann.«

* * *

Unmittelbar nach der Besprechung mit seinem Team versucht Thomsen in mehreren nervenaufreibenden Telefonaten, sämtliche Beteiligte davon zu überzeugen, dass eine gemeinsame Kenntnis des letztgültigen Testaments für alle von Vorteil wäre.

Doch sein Vorschlag kommt nicht überall gut an. Speziell der alte Advokat Hegel sträubt sich hartnäckig, weil er doch der Vertrauteste unter allen Vertrauten der Verstorbenen gewesen wäre und außerdem kein Interesse hätte, der gerichtlichen Testamentseröffnung vorzugreifen.

Im Zuge dieses Telefonats stellt sich jedoch heraus, dass eben jener Hegel Adda Boekhoff vor zwei Wochen wegen einer umfassenden Testamentsänderung zum Notar begleitete.

Mit diesem Wissen im Gepäck macht sich Thomsen mit seiner Oberkommissarin neuerlich zum Schloss Uelvesbüll auf.

»Ich bin schon gespannt, ob die SpuSi in der Zwischenzeit etwas Interessantes entdeckt hat«, meint Sophie, als Thomsen seinen Landrover vor dem Haupteingang parkt.

»Und mich juckt es zu erfahren, wem die alte Adda ihr Vermögen vermacht hat.«

Sophie grinst zufrieden in sich hinein. Ihr Chef hat den Testamentsköder definitiv geschnappt.

Im Büro von Tamme Boekhoff ist die Stimmung angespannt. Der Hausherr sitzt in einem Stuhl mit Armlehnen, wodurch seine Leibesfülle so eingepfercht wirkt, dass Sophie sich im Stillen fragt, ob der Stuhl wohl an ihm feststeckt, wenn er versucht, sich zu erheben.

»Als Sie mit diesem Testamentsthema zu mir gekommen sind, dachte ich mir, was der Schwachsinn soll«, erklärt Tamme Thomsen ganz unverblümt. »Aber nun, nach dem sich der alte Rollmopsfresser ziert wie 'ne Jungfrau vor der Hochzeit, frag ich mich, ob an Ihrer Theorie was dran ist.«

»Meine Theorie?«, fragt Thomsen zurück und Sophie sieht ihm an, dass er keine hat.

»Ja, dass Mutter uns unterschiedliche Kopien vom Testament gegeben hat, um uns gegeneinander auszuspielen. Das würde Bonnas Größenwahn erklären. Dr.

Lutz hier«, er legt dem Anwalt neben sich seine fleischige Pranke auf die Schultern, »ist ebenfalls der Meinung, dass bezüglich dieses Themas Klarheit herrschen sollte.«

»Wobei ich anmerken muss, dass ich nicht empfohlen habe, der Sache im Beisein der Polizei auf den Grund zu gehen«, merkt jener an.

Thomsen hebt eine Braue, sagt aber nichts.

»Richtig«, bestätigt Boekhoff. »Aber der Kommissar hier hat die Macht und die Kompetenz, meine beiden Geschwister zur Mitwirkung zu bringen. Außerdem habe ich nichts zu verbergen und je früher und deutlicher ich das klarstellen kann, desto besser.«

Er wendet sich nun wieder direkt an Thomsen.

»Also, Herr Hauptkommissar, wie sieht es aus? Kriegen Sie meine Geschwister an einen Tisch?«

Sophie bemerkt, wie sich ein Lächeln auf Thomsens Gesicht schleicht. Das ist bei ihm nie ein gutes Zeichen.

»Nun, Herr Boekhoff, was Ihre Geschwister betrifft: Es ist Ihnen vielleicht entgangen, dass wir Ihren jüngeren Bruder mittlerweile per Haftbefehl suchen, weil wir ihn verdächtigen, Ihre Mutter vergiftet und seine Freundin schwer misshandelt zu haben.«

»Ja, richtig.« Tamme schlägt sich mit der flachen Hand auf die Stirn. »Wie konnte ich das bloß aus den Augen verlieren? Sie müssen wissen, mir fliegt hier gerade alles um die Ohren. Die Firma und der Betrieb hier am Schloss, dazu meine schreckliche Schwester, die keine Sekunde Ruhe gibt, und nun ist auch noch meine Frau schwer erkrankt.«

»Ach ja?«, hakt Sophie nach. »Was fehlt ihr denn?«

»Wenn ich das wüsste. Sie ist schwach, redet wirres Zeug und . . .«

Dr. Lutz räuspert sich. »Das tut hier, glaube ich, nichts zur Sache.«

Sophie ignoriert ihn.

»Haben Sie schon einen Arzt geholt?«

»Ich hab's versucht, aber sie will bloß ihren, den sie immer hat, und der ist im Urlaub in der Karibik. Kein Wunder, bei den Honoraren, die er mir immer verrechnet.«

»Ist denn wenigstens Ihre Tochter wieder aufgetaucht?«, fragt Sophie nach.

»Meine Tochter? War sie denn verschwunden?«

»Nun, vielleicht nicht *verschwunden*, aber wir haben seit dem Tod Ihrer Mutter noch nicht mit ihr sprechen können.«

»Ach?« Sein Gesichtsausdruck wirkt ehrlich verdattert. »Sprechen Sie tatsächlich von Wiebke?«

»Ja. Wann haben Sie denn Ihre Tochter zuletzt gesehen?«

»Also das war . . . ach nee, warten Sie. Mist, ich hab echt zu viel um die Ohren.«

Er nimmt sein Handy aus der Brusttasche und tippt ein paar Mal drauf.

Dieser Anschluss ist derzeit nicht erreichbar, bitte versuchen Sie es zu einem späteren Zeitpunkt noch einmal, tönt es kurz darauf aus dem Handylautsprecher.

Er lehnt sich erschöpft zurück. »Was denn nicht noch alles?«

»Kümmern wir uns um eines nach dem anderen«, schlägt Thomsen nun vor. »Versammeln wir alle, um Klarheit bezüglich des Testaments zu erhalten und ich lasse parallel dazu nach Ihrer Tochter suchen.«

»In Ordnung«, stimmt Boekhoff zu. »Treffen wir uns im Blauen Salon.«

»Eine Sache wäre da noch«, meint Thomsen listig. »Es wäre hilfreich, wenn *Sie* die alten Freunde Ihrer Mutter hinzubitten würden. Ich spreche von Herrn Krayenberg und Herrn Hegel. Letzterer war nämlich vor zwei Wochen mit ihrer Frau Mama beim Notar.«

26

Thomsens letzte Bemerkung schlägt ein wie eine Bombe. Denn weder Tamme Boekhoff noch sein Anwalt haben von dem Notarbesuch gewusst.

Als Bonna auftaucht, um nach dem Stand der Ermittlungen zu fragen, droht die Situation zu eskalieren. Die Geschwister laufen lautstark zur Höchstform auf, den jeweils anderen verbal zu demütigen.

Thomsen sieht sich genötigt einzugreifen.

»Frau Boekhoff, wir beide gehen schon mal vor in den Blauen Salon. Ich wollte ohnehin mit Ihnen über den möglichen Verbleib Ihres Bruders Barnd sprechen. Meine Kollegin kommt mit der restlichen Familie nach.«

Sophie nickt ihrem Chef zu, heilfroh, dass er freiwillig mit dieser Furie vorausgeht.

»Herr Boekhoff, ich kümmere mich um die Teilnahme der restlichen Familienmitglieder«, erklärt Sophie sanft, sowie sich die Gesichtsfarbe des Hausherrn wieder akklimatisiert hat. »Verständigen Sie bitte die alten Freunde Ihrer Mutter.«

»Ha. Den Rollmopsfresser ruf ich gleich als Ersten an.«

Boekhoff überrascht Sophie, indem er die Freisprechfunktion des Telefons aktiviert, sodass sie mithören kann.

»Hegel.«

»Heinz, du wirst im Blauen Salon erwartet.«

»Jetzt?«

»Ja, jetzt. Und bring die neueste Version des Testaments mit.«

»Äh . . . ich weiß nicht, ob mir das recht ist . . .«

Boekhoffs Kopf schwillt neuerlich an. »Mir ist egal, ob dir das recht ist oder nicht. Du bist in fünf Minuten mit allen Unterlagen dort oder du wünschst dir, du wärst nie geboren worden!«

Damit knallt er den Hörer auf die Gabel.

»Das ist doch unerhört«, schnauft er, während er die nächste Nummer wählt.

Sophie erkennt Krayenbergs näselnde Stimme, die nun aus den Lautsprechern dringt. Er erklärt sich sofort einverstanden, an dem Treffen teilzunehmen.

»Was ist mit Ihrer Ehefrau?«, fragt Sophie.

»Die hole ich selbst von unserer Suite ab. Kümmern Sie sich um meine Nichten und Neffen. Wir sehen uns dann dort.«

* * *

Es stellt sich heraus, dass die jüngere Generation sehr begierig ist, zu erfahren, was ihre Großmutter testamentarisch verfügt hat. Es kostet Sophie keine Mühe, Barnds Sohn Jan und Bonnas Nachwuchs zur Teilnahme zu überreden. Lediglich Wiebke bleibt nach wie vor unauffindbar. Ebenso Till.

Die größere Herausforderung ist es, von Wiebkes verschlossener Zimmertür zurück in den Blauen Salon zu finden. Nachdem Sophie sich bis in den Ostflügel verlaufen hat, ruft sie ihren Chef an, damit er sie hinlotst.

Vor Ort warten bereits alle, die zugesagt haben, mit Ausnahme von Tamme und Yalene.

»Hast du den Dicken unterwegs verloren?«, zischt Thomsen ihr zu.

»Er braucht noch ein paar Minuten, es geht um seine Frau«, zischt Sophie zurück, als plötzlich das elektronische Möwengeschrei aus ihrer Hosentasche ertönt. Sie nutzt diesen Anlass, um auf den Flur hinauszueilen.

»Ja?«

»Svenja hier. Ich bin noch im Krankenhaus.«

»Und, hast du Neuigkeiten?«

»Ja. Ich konnte mit Antje Giebel reden. Sie sieht richtig schlimm aus.«

»Ich dachte, sie hat einen Milzriss?«

»Ja, deswegen ist sie operiert worden. Aber sie hat auch einige Schläge ins Gesicht bekommen. Ein Auge ist zugeschwollen, die Oberlippe aufgesprungen und überall Schrammen und blaue Flecke. Dieser Barnd hat sie übel zugerichtet.«

»Hat sie das ausgesagt?«

»Ja. Und außerdem, dass er ein Dampfplauderer ist. Ständig erzählt er von Erfolgen, die niemals eintreten. Er wird das Schloss bekommen, er wird die Firma bekommen und so weiter. Als sie ihm an den Kopf geworfen hat, dass er sich das alles bloß zusammenfantasiert, ist er ausgerastet. So schlimm, dass sie flüchten musste und sich vor ihm in einem Vorratsraum versteckt hat. Dort hat sie dann jemand gefunden und ins Krankenhaus gebracht.«

»Hast du sie auch gefragt, wo sich Barnd Boekhoff versteckt halten könnte?«

»Klar, aber dazu ist ihr wenig eingefallen. Nur, dass er gut vernetzt ist. Dank seines Namens hatte er immer irgendwelche Freunde. Er könnte überall sein.«

»Hat sie sonst noch etwas gesagt?«

»Bloß, dass sie Angst hat. Sie wollte mich gar nicht gehen lassen, vor lauter Angst, Barnd könnte bei ihr auftauchen.«

»Ich glaube nicht, dass diese Gefahr besteht – ich denke, der ist längst über alle Berge.«

»Denke ich auch.«

»Dann komm her, wir können hier jede Unterstützung gebrauchen.«

»Klar, ich muss nur noch einer Krankenschwester Grüße bestellen, dann bin ich schon zu euch unterwegs.«

Sophie schüttelt den Kopf, nachdem sie aufgelegt hat. *Einer Krankenschwester Grüße bestellen?*

»Mensch, Yalene, jetzt reiß dich mal zusammen! Ich muss mir deinetwegen schon genug Spott anhören«, schallt Tamme Boekhoffs ärgerliche Stimme über den Gang.

Sophie blickt in die Richtung, aus der sie kommt und sieht den Schlossherrn mit seiner Gattin um die Ecke biegen.

Yalene macht keinen gesunden Eindruck. Obwohl sie akzeptabel gekleidet ist und auch die Frisur nicht völlig danebengegangen ist, sieht sie irgendwie beeinträchtigt aus. Ihre Augen wirken trüb und die Mundwinkel hängen herab.

»Als ob ich etwas dafür könnte, dass ich mich müde fühle«, mault sie, während ihr Mann sie unerbittlich weiterschleift.

Sophie tritt ihr in den Weg und stellt sich vor.

»Oberkommissarin Meerkatz, ich begleite Sie in den Blauen Salon.«

»Aha.« Sie sieht sich irritiert um. »Wo ist Wiebke?«

»Ich hab dir doch gesagt, darum kümmern wir uns

nachher, jetzt ist das Testament dran.«

»Das ist dir also wichtiger als unsere Tochter?«

»Mann, Yalene!« Tamme Boekhoff ist sichtlich am Ende seiner Geduld. »Jetzt geh da rein und setz dich hin – möglichst nicht neben Bonna – und halt' die Klappe!«

27

Sophie lässt ihre Blicke durch den Raum schweifen. Bis auf Till und Wiebke – und dem flüchtigen Barnd – sind alle Kinder und Enkelkinder der Verstorbenen versammelt. In einer Ecke des Raumes haben sich auch die beiden Alten, der Leibarzt und der Advokat, niedergelassen. Dass Letzterer sich sichtlich unwohl fühlt, ist leicht zu erkennen. Er hat seine hagere Gestalt in einen Mantel gewickelt, blickt stur zu Boden und wippt unruhig mit den Füßen.

Tamme Boekhoff zerrt ihn mitleidlos ins Rampenlicht.

»Also, Heinz, erzähl doch mal, warum war Mutter mit dir vor zwei Wochen beim Notar?«

Hegel räuspert sich.

»Nun, wie ich schon sagte, sie hatte wieder mal vor, ihr Testament zu ändern.«

»Wieder?«, fährt Bonna hoch. »Tat sie das öfter?«

»Ja.«

»Hast du nun die Letztversion dabei?«, will Tamme wissen.

»Ja.«

»Nun, dann lass sehen.«

Mit seinen knöchernen Händen kramt der alte Anwalt ein wenig steif und umständlich in seiner abgegriffenen Ledertasche. Er nimmt einen dicken Packen Papier heraus.

»Oh mein Gott«, stöhnt Bonna. »Das ist ja ein Buch.«

»Bei einem großen Vermögen gibt es auch viel zu regeln«, erklärt Hegel. »Aber sie hat einen Begleitbrief verfasst, an ihre Nachkommen, wo sie alles zusammenfasst. Der hat nur eine Seite.«

»Dann lies den vor«, verlangt Tamme. »Den Rest können nachher unsere Anwälte im Detail durchsehen.«

»Wie du meinst«, erwidert Hegel knapp. »Er ist aber nicht sehr liebevoll verfasst.«

»Ha«, brüllt Bonna los, »als ob Mama je *liebevoll* zu uns gewesen wäre!«

»Zu mir schon«, fällt ihre Tochter Daya ihr ins Wort und streicht sich affektiert über ihr langes blondes Haar.

»Ja, aber nur, um mich zu ärgern«, fängt Bonna wieder mit ihrer Lieblingsleier an.

»Bonna!«, brüllt Tamme, »halt endlich deine Klappe, sonst sitzen wir noch die ganze Nacht hier!«

Hegel räuspert sich erneut, geht ein paar Schritte auf Tamme zu und streckt ihm das Blatt entgegen.

»Willst du vielleicht . . .?«

»Nein, will ich nicht. Jetzt stell dich nicht so an und leg los.«

»Na schön. *An meine missratenen Nachkommen!*

Wenn ihr das zu hören bekommt, habt ihr mich endlich unter die Erde gebracht. Doch ich wäre nicht ich, wenn ich euch diesen Festtag nicht ordentlich versalzen würde.

Beginnen wir mit Tamme: Das Beste vorweg, du wirst meine Firma nicht leiten! Haha, ich möchte jetzt zu gern dein Gesicht sehen.«

Augenblicklich lacht Bonna so schallend los, dass Hegel nicht mehr weiterlesen kann.

»Darauf trinke ich!« Sie hebt ihr Glas und prostet ihrem Bruder zu, der vor lauter Wut wieder einen rot angeschwollenen Kopf bekommen hat.

Sophie, die am Rand des Raumes sitzt, ist bereits in höchster Alarmbereitschaft. Sie rechnet jeden Moment damit, dass Boekhoff seiner Schwester den Hals zudrückt.

Erst als Bonnas Lachanfall einem süffisanten Grinsen weicht, räuspert sich Hegel erneut.

»Denn ich ertrage weder deine humorlose Art noch dein sonstiges verfressenes Wesen. Und deine Partnerwahl hat mein ästhetisches Empfinden jeden Tag aufs Neue beleidigt. Bei all dem Geld, das wir haben, hättest du dir wirklich eine attraktivere Ehefrau zulegen können. Bevor dein Schädel nun platzt wie ein Luftballon – ich hab dir fünfundzwanzig Prozent der Firmenanteile vererbt, somit ist dem Gesetz Genüge getan.

Kommen wir nun zu Barnd. Du bist das erbärmlichste unter all meinen Kindern. Und auch das dämlichste – für den Fall, dass du dir noch Hoffnungen gemacht hast. Du bekommst gar nichts, denn du hast beim letzten Mal, als du mich um Geld angebettelt hast, im Gegenzug für die Million einen Erbverzicht unterschrieben. Daher bist du nun mittellos. Dein Gesicht würde ich auch gern sehen.

Und nun zu meiner einzigen Tochter. Im Vergleich zu deinen Brüdern schneidest du ein wenig besser ab, wenn auch nicht viel. Du hast mich ebenfalls enttäuscht, weil du bloß ein Talent dafür hast, Geld auszugeben, aber gar keines, welches hereinzubringen. Genau wie Tamme gehören dir nun fünfundzwanzig Prozent des Unternehmens und genau wie er bekommst du nicht, was du dir am meisten wünscht: Meine Räumlichkeiten hier im Schloss. Diese Luxussuite soll diejenige bekommen, die meine wahre Prinzessin ist. Nämlich Daya.«

»Oh, wow!«, kreischt Daya in der Sekunde los und klatscht vor Begeisterung in die Hände. »Danke Omi, danke!« Sie springt auf und dreht sich euphorisch im Kreis.

»Krieg dich wieder ein, du Schlampe«, knurrt Tamme gehässig.

»Du bist doch bloß neidisch!«, keift Bonna, und jubelt

ihrer Tochter zu.

»*Daya wird die neue Schlossherrin, sie wird mein Anwesen mit Sex-Appeal und Grazie in die ganze Welt hinaustragen*«, setzt Hegel ungerührt fort. »*Alle anderen Familienmitglieder behalten das Recht, eine Suite in diesem Schloss zu bewohnen — bis auf Till, dem steht der gesamte Ostflügel sowie der halbe Fuhrpark zu. Denn er ist mein Haupterbe, an den fünfzig Prozent meines Unternehmens gehen und der die Firma auch leiten wird.*«

Der Schrei, der nun aus Tammes Brust herausbricht, fährt allen durch Mark und Bein.

»Diese verdammte alte Natter!«, flucht auch Bonna, »wenn sie noch nicht tot wär, tät ich sie erwürgen.«

Thomsen sieht dem emotionalen Schauspiel gebannt zu. Diese Verfügungen, welche Adda Boekhoff zwei Wochen vor ihrem Tod traf, haben ganz offensichtlich eine enorme Sprengkraft und waren den Beteiligten augenscheinlich nicht bekannt.

»Was ist mit dem Personal und dem Dr. Krayenberg, und Ihnen selbst?«, will er von Hegel wissen, sowie die erste Welle der Empörung abgeklungen ist.

»Vom Personal wurden nur der Butler und die Hausdame bedacht. Sie sind beide schon seit Ewigkeiten in Diensten und sollen ihren Lohn weiter erhalten. Auch ihre Unterkunft behalten sie auf Lebenszeit. Das Gleiche gilt für Dr. Krayenberg und mich.«

Daya singt und tanzt nach wie vor euphorisch, aber niemand will sich mit ihr freuen. Till, der das vielleicht getan hätte, ist nicht hier.

Genau in dem Moment, als Thomsen das ansprechen möchte, läutet sein Handy. Es ist Jochen Rambert von der Spurensicherung.

»Was gibt's?«

»Das musst du dir ansehen.«

»In Ordnung. Jetzt gleich?«

»Ja.«

»Okay. Wo bist du?«

»Komm ins Schlafzimmer des Opfers.«

Thomsen überlegt einen Augenblick. Er entscheidet sich, die Nachricht weiterzugeben und stellt sich in die Mitte des Raumes.

»Ich bitte um Ihre Aufmerksamkeit, ich habe soeben eine Nachricht von der Spurensicherung erhalten. Sie haben etwas Spannendes im Schlafzimmer von Adda Boekhoff gefunden. Ich darf Sie bitten, meiner Kollegin und mir jetzt dorthin zu folgen.«

28

Den Kollegen vom Spurensicherungsdienst ist ihre Überraschung anzumerken, als der Hauptkommissar nicht bloß mit seiner Kollegin, sondern mit dem gesamten Familientrupp im Schlepptau das Schlafzimmer der Verstorbenen betritt.

»Fotos geschossen, Spuren genommen?«, fragt Thomsen, um sicherzustellen, dass nichts im Raum mehr manipuliert werden kann.

»Ja, wir sind hier fertig.« Mit diesen Worten öffnet Jochen Rambert eine unauffällige Tapetentür, die Sophie zuvor gar nicht aufgefallen ist, und bittet sie hindurch.

Völlig perplex stehen die Ermittler und die Boekhoffs, sowie alle, die ihnen folgen, kurz darauf in einem Hightech-Büro. Auch wenn die Einrichtung mit schweren Eichenmöbeln grundsätzlich oldschool ist, sorgen doch die insgesamt vier riesigen Monitore auf dem Schreibtisch für eine gewisse Verwirrung.

»Was zum Teufel...«, beginnt Tamme fassungslos.

»Wow«, sagt auch Daya und schaut sich voll Bewunderung um. Auch Ebba und Jan ist eine gewisse Verblüffung anzumerken.

Bloß Bonna ist ungewöhnlich ruhig. Sophie studiert sie genau. Im Gegensatz zu den anderen, die neugierig jedes Gerät beäugen und eine Vielzahl von Fragen haben, beißt sie sich bloß auf die Lippen. Mit einem Gesichtsausdruck, der grimmiger nicht sein könnte.

»Sie wussten davon, nicht wahr?«, sagt Sophie ihr direkt auf den Kopf zu. »Sie kennen das alles hier bereits.«

Tammes mächtiger Körper fährt herum.

»Was weißt du, das wir nicht wissen? Was ist das hier? Wozu hat Mama diese vielen Monitore gebraucht?«

»Ja, da guckst du, was?«, fährt Bonna auf ihren Bruder los. »Hast du dich nie gefragt, warum die alte Hexe immer über alles Bescheid wusste? Warum sie unsere Geheimnisse kannte, auch wenn wir sie mit niemandem teilten? Du hältst dich doch für so schlau – dann zähl doch mal zwei und zwei zusammen, du Dösbaddel!«

»Du meinst, sie hat uns ausspioniert? Aber . . . es gibt doch nirgendwo im Schloss Kameras, außer im Einfahrtsbereich, aber darum kümmert sich der Sicherheitsdienst.«

»Glaub es mir, es gibt überall Kameras, du siehst sie bloß nicht. Sie sind in Möbel, in Ziergegenständen, ja sogar in Bildern und Plüschtieren«, blafft Bonna gehässig.

»Du bist doch völlig verrückt. So etwas Bescheuertes zu behaupten ist bloß wieder typisch für dich. Die Monitore hier müssen etwas anderes bedeuten.« Tamme sieht sich um Zustimmung heischend um.

Einer der IT-Techniker, Uli Knudsen, räuspert sich.

»Herr Boekhoff, Ihre Schwester hat recht. Wir haben die Anlage in Betrieb genommen. Es gibt eine sehr benutzerfreundliche und einfach zu bedienende Software, mit der man aus über einhundert Kamerastandorten wählen kann. Durch einfaches Anklicken werden die Aufnahmen auf den Monitoren live geschaltet. Die Bildschirme sind so eingestellt, dass jeweils zwölf Kameraperspektiven abgebildet werden. Bei vier Monitoren bedeutet das, dass man achtundvierzig Videos gleichzeitig ansehen kann. Mit einem einfachen Klick kann man bei jedem beliebigen Video den Ton hinzuschalten.«

»Das glaub ich nicht.« Tamme taumelt ein wenig.

»Glaub's ruhig«, zischt Bonna giftig. »Die alte Hexe saß hier wie eine Spinne im Netz.«

»Also, ich finde das richtig cool!« Daya lässt sich in den luxuriösen, mit teurem Leder bezogenen Bürostuhl sinken und dreht sich vergnügt im Kreis.

Tamme ist noch nicht so weit, die neuen Fakten zu akzeptieren. Er baut sich nun vor Knudsen in voller Größe auf.

»Wollen Sie mir hier weismachen, meine Mutter hat mir in meiner Suite zugesehen, wenn ich mit meiner Ehefrau im Bett war? Das ist doch nicht wahr!«

»Bitte sehr.« Uli Knudsen schaltet den Computer an. Nachdem er auch die Applikation gestartet hat, erscheint die Liste der Kamerastandorte. »Sehen Sie. Hier gibt es alles zum Auswählen: Küche, Vorratsraum, Gang 1, Gang 2, Eingangshalle, Prunksaal, Spielzimmer et cetera et cetera.«

»Oh mein Gott, das sind ja unzählige. Ich fasse es nicht.« Tamme schwankt und Daya, die plötzlich Angst hat, er könnte auf ihr landen, macht, dass sie aus dem Drehstuhl kommt.

Knudsen klickt nun den Button *Küche* an und sofort wird das Geschehen auf einem der Monitore live gezeigt.

»Ihh . . .« Daya verzieht das Gesicht, als einer der Hilfsköche ungeniert in einen Suppentopf niest. »Das ist echt der Wahnsinn! Und was soll das Spielzimmer sein? Wusste gar nicht, dass wir so was haben.«

Sie schnappt sich die Maus und klickt es an.

Neben dem Küchenvideo erscheint nun ein völlig anderes. Ein Raum mit äußerst erotischer Ausstattung. Auf einem Bett, das für einen Harem geeignet wäre, geben sich gerade zwei nackte Gestalten einem ausgiebigen Liebesspiel hin.

»Oh mein Gott!«, kreischt Daya auf. »Das ist der Till mit der Wiebke!«

Tamme starrt nun ebenfalls auf das Video und es ist gut, dass der Drehstuhl wieder frei ist, denn was er da zu sehen bekommt, zieht ihm buchstäblich die Beine unter dem Hintern weg.

29

Tamme Boekhoff, der kurzzeitig die Bodenhaftung verlor, als er Zeuge des exzessiven Liebesspiels zwischen seiner Tochter und seinem Neffen wurde, gerät von einem Moment auf den anderen in einen regelrechten Adrenalinrausch.

Mit einem Tempo, das ihm niemand zugetraut hätte, sprintet er los. Natürlich setzt Sophie ihm mit vollem Einsatz nach, was sich fatal auswirkt, als Boekhoff ohne Vorwarnung plötzlich wieder stoppt.

»Verdammt«, flucht sie, als sie in seiner Körpermasse landet. Es fühlt sich an, als wäre sie in eine Wand aus Pudding gekracht.

Boekhoff ignoriert diesen Vorfall völlig. Er hetzt in den Blauen Salon zurück und stürmt auf seine Schwester zu. Wutschnaubend presst er sie an die Wand.

»Du weißt sicher, wo dieses Spielzimmer ist!«

»Könnte sein.« Sie lacht. Jeder hier kann sehen, wie sehr sie es genießt, ihren Bruder so völlig von der Rolle zu erleben.

»Ich will, dass du mir den Weg dorthin zeigst. Ich habe diesen verdammten Raum nämlich noch nie gesehen!«

»Das wundert mich nicht«, gackert Bonna. »Wer würde mit dir schon dorthin wollen!«

»Halt deine blöde Klappe und zeig mir diesen Raum!«

»Weil sonst was? Drehst du mir sonst vor den Polizeibeamten hier den Hals um?« Ihr bösartiges Lachen füllt weiterhin den Raum.

Thomsen hat nun genug.

»Frau Boekhoff, Sie sind jetzt bitte so nett und zeigen meiner Kollegin besagtes Spielzimmer, während Herr Boekhoff und ich nun ein Gespräch mit dem Sicherheitschef des Schlosses führen.«

Boekhoff reagiert nicht. Stattdessen presst er weiterhin seine Schwester an die Wand. Er atmet heftig.

»Herr Boekhoff, das kann Ihnen doch nicht egal sein, dass dieser Mensch weder Ihnen noch uns von dieser Sache erzählt hat«, gibt Thomsen sich Mühe zu ihm durchzudringen.

»Aber meine Tochter . . .«, beginnt Boekhoff.

»Ihre Tochter machte nicht den Eindruck, als würde sie genötigt werden. Und sie ist nach dem Gesetz erwachsen. Glauben Sie mir, Sie tun Ihrer Vater-Tochter Beziehung nichts Gutes, wenn Sie da wie Zorro der Rächer dazwischengehen.«

»Hmm«, schnaubt Boekhoff unschlüssig.

»Lassen Sie den Herrn Berg antreten«, insistiert Thomsen. »Denn auf seine Erklärungen bin ich richtig gespannt.«

»Wenn Sie meinen«, lenkt Boekhoff nun ein und gibt Dr. Lutz ein Zeichen. »Schaffen Sie den Kerl her.«

Sophie muss ihre gesamte Autorität bemühen, um die restlichen Familienmitglieder davon abzuhalten, in besagtes Spielzimmer mitzukommen. Wie es scheint, hat es der jüngeren Generation gefallen, bei den Ermittlungen dabei zu sein, dementsprechend schwer lässt sie sich nun wieder abschütteln. Speziell Daya pocht auf ihre Rechte als Schlossherrin, der keinerlei Räume verborgen bleiben dürfen.

Und so hat Sophie, als sie nun endlich mit Bonna aufbricht, ständig das Gefühl, dass sie auf ihrem geheimnisvollen Weg durch das Schloss verfolgt und beobachtet werden.

»Dieses Zimmer ist bewusst versteckt, es ist schwer zugänglich«, erklärt Bonna. »Vom Keller führt eine Geheimtür zu einer Treppe. Und diese Treppe geht hoch hinauf. Man muss also wirklich motiviert sein, um diesen Raum zu nutzen.«

»Warum wissen Sie davon?«

»Ich habe mein halbes Leben damit verbracht, meine Mutter zu beobachten. Sie hat es auch benutzt, als sie noch jünger war. So, hier ist die Tür«, erklärt Bonna und drückt einen Schalter an der Wand, der Sophie nicht aufgefallen wäre. Auch die Tür dahinter, die sich nun öffnet, hätte sie nicht als solche erkannt.

»Und warum wussten Sie als Einzige von dem Hightech-Büro? Haben Sie Ihre Mutter sogar in deren Schlafzimmer beobachtet?«

»Kann man so sagen. Diese Anlage hat sie schon seit über zehn Jahren, seit der Berg bei uns Sicherheitschef ist. Da war sie auffallend oft in ihrem Schlafzimmer. Mit ihm. Daraufhin fing ich an, ihn zu beobachten. Als ich ihn einmal mit einem Monitor unter dem Arm dort hineinverschwinden sah, schlich ich hinterher. Da hab ich den Raum zum ersten Mal gesehen.«

»Sie haben nichts gesagt?«, fragt Sophie, während sie hinter Bonna die Treppen hochsteigt.

»Nein. Warum auch? Es war praktisch für mich zu wissen, dass ich ihr auf diese Art Informationen zukommen lassen konnte, von denen sie dachte, dass sie sie nicht wissen sollte. Auf diese Weise konnte ich steuernd in ihre Realität eingreifen.«

Sophie schüttelt sich innerlich wie ein Hund, der aus

dem Wasser steigt. So viel negative Schwingungen wie hier hat sie noch in kaum einer Familie erlebt. Nun, vielleicht doch. In ihrer eigenen. Doch dort waren die Feindseligkeiten viel besser versteckt, die Demütigungen viel subtiler.

»Wir sind da«, sagt Bonna plötzlich und reißt sie aus ihren Gedanken. »Diese Tür hier führt ins Spielzimmer. Ich wette allerdings, sie ist verschlossen.«

30

Svenja, die mittlerweile am Schloss eingetroffen ist, unterstützt Sophie bei der Vernehmung von Till und Wiebke, die – nun vollständig bekleidet und ein wenig peinlich berührt – bei einer Tasse Tee am Tisch sitzen. Und zwar im Blauen Salon, der sich bestens als Vernehmungszimmer eignet.

»Wir haben Sie beide schon eine Weile gesucht«, eröffnet Sophie das Gespräch. »Sie haben die Testamentsverlesung von Herrn Hegel verpasst.«

Till lacht. »Das macht nichts. Mein Vater ist das schwarze Schaf der Familie. Er hat sein Erbteil schon erhalten und es auch längst verprasst, wir haben da nichts mehr zu erwarten.«

»Wir gehen davon aus, dass mein Vater und Tante Bonna sich den Kuchen teilen«, erklärt nun auch Wiebke. »Mein Leben wird erst spannend, nachdem mein Vater den Löffel abgegeben hat.«

Till küsst sie überschwänglich.

»Ist sie nicht hinreißend? Ich liebe diesen Humor!«

Sophie bleibt stoisch und verdreht innerlich die Augen. Ob er deshalb so sehr auf die spindeldürre Wiebke steht, weil er denkt, dass ihr Vater der neue Firmenchef ist? In dieser Familie traut sie mittlerweile jedem alles zu. Nun, sie wird diesem jungen Möchtegerncasanova nicht verraten, dass er jetzt derjenige ist, der im Unternehmen das Sagen hat. Stattdessen teilt sie Papier und Stifte aus.

»Sie schreiben jetzt beide auf, was Sie seit dem Tod Ihrer Großmutter getan haben und auch wo. Und lassen Sie nichts weg. Damit Sie nicht gegenseitig abschreiben, wird meine Kollegin, Kommissarin Tades, zur Sicherheit zwischen Ihnen Platz nehmen.«

* * *

Der groß gewachsene, breitschultrige Sicherheitsverantwortliche sitzt nun wie ein Häufchen Elend mit dem Hauptkommissar und Tamme Boekhoff an einem Tisch. Der eine droht ihm mit Festnahme, der andere mit Jobverlust.

»Sie waren derjenige, der es Adda Boekhoff ermöglicht hat, jeden Raum in diesem Schloss zu überwachen. Und Sie wissen genau, dass das illegal war, weshalb Sie uns auch nichts davon erzählt haben.«

Anstelle einer Antwort lässt Heiko Berg den Kopf hängen.

»Es muss Ihnen klar sein, dass das nicht ohne Folgen bleiben wird, aber es liegt an Ihnen, ob ich Sie hier und jetzt festnehme oder auf freiem Fuß anzeige«, setzt Thomsen weiter nach und Boekhoff schnaubt zustimmend.

»Ich würde Ihnen ebenfalls empfehlen zu kooperieren, weil eine einvernehmliche Lösung sich im Lebenslauf deutlich besser macht als eine Entlassung.«

»Ich kooperiere«, erklärt Berg und dreht seine Handflächen nach oben. »Was wollen Sie von mir?«

»Dass Sie unsere IT-Techniker unterstützen, so gut Sie können, um schnellstmöglich sämtliche relevanten Videos vom Mordabend zu identifizieren.«

»Das Wichtigste wurde gelöscht.«

»Wie bitte?« Thomsen schnappt nach Luft.

»Nicht von mir. Ich schwöre. Ich war natürlich neugierig nach Addas Tod und Sonntag Nacht ergab sich für mich eine Gelegenheit, die Aufnahmen anzusehen. Doch die vom Mordabend waren bereits gelöscht.«

»Wollen Sie damit sagen, dass jemand, der von dem Hightech-Büro wusste, vor Ihnen auf die Idee kam, nachzusehen und die Aufzeichnungen, die von Interesse sein könnten, entfernt hat?«

»Ja, so muss es wohl gewesen sein. Es wurden offenbar gezielt nur diejenigen entfernt, die Addas Tod aufgezeichnet hatten.«

»Unfassbar«, stöhnt Thomsen. »Dann besteht Ihre Unterstützung nun auch darin, unseren Technikern bei der Wiederherstellung der gelöschten Daten zur Hand zu gehen. Kommen wir nun zum Kern der Sache: Wer, außer Ihnen, wusste von diesem Raum und der Überwachung?«

»Nur Addas engste Freunde und ihr Butler.«

»Das Altherren-Trio«, bemerkt Boekhoff und Thomsen setzt in Gedanken eine weitere Person auf diese exklusive Liste. Bonna Boekhoff. Sie hatte das Geheimnis ihrer Mutter herausgefunden und wer weiß, wenn sie es kannte, dann vielleicht auch ihr Zwillingsbruder. Wo immer der gerade stecken mag. Diese Gedanken führen ihn ganz unweigerlich zur nächsten Frage.

»Herr Berg, waren Sie vielleicht auch neugierig genug, herauszufinden, was die Kameras bezüglich des Verschwindens von Barnd Boekhoff aufgezeichnet haben?«

31

Kommissarin Svenja Tades muss leider die Erfahrung machen, dass nicht immer alles nach Plan verläuft.

Kaum hat Sophie den Raum verlassen, in dem Till und Wiebke ihre Erinnerungen niederschreiben sollten, entwischt Wiebke mit den Worten *ich muss mal pipi*. Während Svenja ihr unschlüssig hinterhersieht, packt Till sein Mobiltelefon aus, tippt eine Weile darauf herum und steckt es wieder weg.

Anschließend lehnt er sich mit verschränkten Armen zurück und lächelt Svenja überheblich zu.

»Mein Anwalt ist jeden Moment hier. Bis dahin ziehe ich es vor, nichts zu tun und zu schweigen.«

* * *

Sophie und Jasper treffen gleichzeitig in Adda Boekhoffs heimlicher Hightech-Zentrale ein, um sich mit ihrem Chef auszutauschen. Während Sophie nichts Neues beizutragen hat, verfügt Jasper über verblüffende Neuigkeiten.

»Es fehlt kein einziges Fahrzeug«, berichtet er ein wenig ratlos.

»Ach.« Thomsen schaut auf. »Nicht mal 'n popeliges

Mofa?«

»Soweit ich weiß, gibt's von denen keine im Fuhrpark«, erwidert Jasper trocken. »Fakt ist, Barnd Boekhoff traf am Samstag mit einem Bentley ein, der auf seine verstorbene Mutter zugelassen ist. Jener Wagen steht immer noch dort, wo er geparkt wurde und sämtliche anderen Fahrzeuge, die Adda Boekhoff gehörten oder vom Personal des Schlosses genutzt werden, sind vollzählig.«

»Das heißt, Barnd Boekhoff muss mit einem Taxi geflohen sein«, schlussfolgert Thomsen.

»Oder er wurde von jemandem abgeholt«, meint Sophie.

»Herr Berg«, wendet sich Thomsen an den Sicherheitschef, der nun sehr emsig mit den IT-Technikern der Polizei zusammenarbeitet. »Der Zufahrtsbereich vor dem Schloss wird doch von den offiziellen Sicherheitskameras aufgezeichnet, nicht wahr?«

»Ja.«

»Dann hab ich da eine dringende Aufgabe für Sie. Unterstützen Sie bitte unsere Mitarbeiter dabei, herauszufinden, welche Taxis oder Privatfahrzeuge das Anwesen zwischen Samstag 23 Uhr und Sonntag 14 Uhr verlassen haben.«

»Selbstverständlich«, erwidert Berg so unterwürfig, dass Sophie sich beinahe wundert, dass die dazugehörige Verbeugung ausbleibt.

Kaum hat der Sicherheitschef den Raum verlassen, meldet sich Uli Knudsen, der in Polizeikreisen als unumstrittenes IT-Genie gilt, zu Wort.

»Rüde, sieh mal hier. Wir haben uns die Videoaufzeichnungen, die Barnd Boekhoff betreffen, vorgenommen und in chronologischer Reihenfolge zusammengestellt. Hier sehen wir, wie er in der

Mordnacht bis 01:05 von Oberkommissarin Meerkatz befragt wird. Anschließend begibt er sich in seine Suite, wo Antje Giebel bereits auf ihn wartet. Um 01:17 beginnt der Streit mit seiner Freundin.«

Die Ermittler sehen nun zu, wie Barnd trinkt und dabei immer aggressiver und gleichzeitig zudringlicher wird. Als Antje ihn von sich stößt, bezahlt sie das mit einigen Fausthieben. Der erste geht mit voller Wucht in den Bauch, die weiteren landen in ihrem Gesicht, als sie sich bereits krümmt.

Sie schafft es, ins Badezimmer zu fliehen, in dem sie sich offenbar verbarrikadiert. Denn Barnd gelingt es nicht, die Tür aufzubekommen. Doch als sie selbst nach einer Weile die Badezimmertür wieder öffnet, drängt er sich brutal zu ihr hinein. Uli Knudsen spult nun vier Minuten vor. Barnd torkelt heraus, sein Hemd ist blutig und er schenkt sich einen weiteren Whiskey ein.

Knudsen spult nun gute zehn Minuten vor, bis Barnd auf seiner Couch vor dem Fernseher einnickt. Um 01:48 stolpert die mittlerweile schwer verletzte Antje Giebel aus dem Badezimmer und verlässt fluchtartig die Suite. Daraufhin versteckt sie sich offenbar an einem Ort, der über keine Kameras verfügt. Wenige Minuten später wird sie von mehreren Kameras erfasst, als sie, hinkend und schwankend, ihre Flucht fortsetzt.

»Es scheint, als hätte sie auf ihrem Weg hinaus die Kraft verlassen, weswegen sie sich in dem Vorratsraum versteckt hat«, meint Knudsen.

»Warum hat sie niemanden um Hilfe gebeten?«, fragt Jasper.

»Genau das Gleiche hab ich mich auch gerade gefragt«, brummt Thomsen.

»Vielleicht weil sie panisch war? Oder weil sie von niemandem so gesehen werden wollte? Boekhoff hat sie heftig am Kopf getroffen, nicht wahr? Vielleicht war sie auch verwirrt«, stellt Sophie Vermutungen an.

»Oder sie hatte was genommen – so wie Yalene und wurde davon paranoid«, sagt Jasper plötzlich.

Alle sehen ihn erstaunt an.

»Nun, an Fantasie mangelt es dir heute nicht«, kommentiert Thomsen. »Allerdings – was diese Yalene betrifft, so hab ich auch den Eindruck, dass sie etwas neben der Spur ist.«

»Barnd Boekhoff sehen wir noch eine Weile in seinem Schlafzimmer«, kehrt Uli Knudsen wieder zum Thema zurück. »Erst um 02:11 Uhr erwacht er wieder zum Leben, wie man hier sieht, und beginnt nach seiner Freundin zu suchen. Er verlässt die Suite um 02:14 Uhr und ist anschließend in verschiedenen Bereichen des Schlosses zu sehen, zum letzten Mal im Bereich der Eingangshalle.«

»Ah, hier sieht man, wie er die Halle Richtung Haupttor verlässt«, stellt Thomsen zufrieden fest.

»Nicht ganz«, widerspricht Knudsen. »Er kommt wieder zurück und quert um 02:32 den Eingangsbereich, danach taucht er nirgends mehr auf.«

»Das ist ja seltsam«, findet Thomsen.

»Ja«, stimmt Knudsen zu. »Auf mich wirkt das so, als ob vor dem Haupteingang jemand war, der ihn nicht sehen sollte. Deswegen hat er wohl einen der hinteren Ausgänge benutzt. Und dort gibt es keine Kameras.«

»Das ist schlecht, trotzdem danke«, sagt Thomsen und sieht sein Team frustriert an. »So wie die Dinge liegen, hat der Kerl bereits einen ordentlichen Vorsprung.«

Ein schwacher Wind macht keine hohen Wellen

DIENSTAG

32

Sophie und Jasper brüten ein wenig müde über ihrem Morgenkaffee, als Svenja mit strahlenden Augen und leuchtenden Backen hereinschneit.

»Neidisch könnte man werden«, murmelt Sophie, deren Augenlider sich immer noch schwer anfühlen.

»Worauf?« Jasper sieht fragend von einer zur anderen.

»Für dich hab ich was«, lacht Svenja und zieht einen zusammengefalteten Zettel aus ihrer Hosentasche. Neckend hält sie ihn ihrem Kollegen vor die Nase. »Was könnte das wohl sein?«

»Keine Ahnung, jetzt gib schon her«, meint Jasper, nachdem er zweimal daneben geschnappt hat.

Svenja lässt sich erweichen und sieht ihm belustigt zu, wie er das Blatt auseinanderfaltet.

»Julia«, murmelt er und glotzt ratlos auf die Telefonnummer. Plötzlich schießt ihm die Röte nur so ins Gesicht.

»Ist das . . . ?«, stottert er und seine Augen beginnen zu leuchten.

»Ja.« Svenja nickt. »Der Name der Krankenschwester und ihre Nummer. Wollt' ich dir eigentlich schon gestern geben, aber dann hing ich in der frustrierenden Vernehmung mit Till Boekhoff und seinem Anwalt fest.«

Jasper schüttelt fassungslos den Kopf.

»Wie bist du an ihre Nummer gekommen?«

Auch Sophie schaut nun interessiert auf.

Svenja lacht. »Das war die leichtere Übung. Die Frau zu finden, das war schwierig. Weil's beim ersten Versuch nicht geklappt hat, musste ich eine Brünette nach der anderen ansprechen und fragen, ob sie gestern einen Polizisten gesehen hätte, den sie attraktiv gefunden hätte – so einen mit beginnender Halbglatze. Das war sogar mir peinlich. Die ersten drei haben mich angesehen, als ob ich nicht alle Tassen im Schrank hätte, aber die vierte hat sich voll gefreut und gleich von selbst ihre Nummer herausgerückt.«

»Dass du das für mich gemacht hast!« Jasper ist richtig gerührt.

»Kein Ding. Für meinen Lieblingskollegen ist mir nichts zu doof.« Svenja lächelt verschmitzt.

»Oh.« Er kratzt sich verlegen hinter dem Ohr. »Ich bin dein Lieblingskollege?«

Sophie verdreht die Augen. »Mensch, Jasper, schalt die Birne wieder an. Du bist ihr einziger Kollege.«

»Stimmt«, murmelt er und Sophie hat den Verdacht, dass die Röte in seinem Gesicht nun auch noch einen weiteren Grund hat.

Die Glastür zum Großraum schwingt auf und Thomsen kommt gut gelaunt herein. Svenja fällt sofort auf, dass sein Schritt etwas Federndes hat.

»Hast du der Putzfrau gekündigt?«, fragt sie ohne Umschweife.

»Was? Wieso?« Er sieht richtig ertappt drein. »Du weißt von unseren kleinen Diskussionen?«

»Chef, wie oft kommt Maike abends mit Käsekuchen hier vorbei?«

»So zweimal die Woche . . .«

»Siehste, und genauso oft unterhalten wir uns auch.«

Sophie nickt zustimmend. »Nicht selten endet es mit

Drinks am Hafen...«

»Halleluja...« Thomsen lässt sich auf den nächsten Stuhl sinken. Dann blickt er Jasper an. »Für dich hab ich 'nen guten Rat. Wenn du mal 'ne Freundin hast, lass sie nicht herkommen.«

»Merk ich mir, Chef. Trotzdem – Maikes Käsekuchen ist einfach der beste!«

»Aber diesmal müsst ihr alle dicht halten. Ausnahmslos.« Der Hauptkommissar sieht seine Leute durchdringend an. »Ich hab nämlich vor, sie heute Abend zu fragen.«

»Nein!« Svenja klatscht sich überrascht auf den Mund.

»Wo...«, beginnt Jasper, doch seine Kollegin schneidet ihm schnell wie der Blitz das Wort ab. »Du fragst jetzt nicht *wonach*!«

»Äh...« Als der Groschen fällt, lächelt er verlegen. »Ich wollte fragen, *wo* findet die Verlobungsparty statt?«

»Nicht so schnell«, bremst Thomsen. »Sie hat noch nicht *Ja* gesagt.«

»Mensch, Rüde, wir reden hier von Maike. Die nimmt dich sogar, wenn dir über Nacht ein Pelz wächst.« Svenja lacht lauthals und steckt ihren Chef an.

»Du und dein freches Mundwerk! Also gut, dann planen wir mal die Party für Samstag!«

Jasper strahlt und schüttelt seinem Chef überschwänglich die Hand.

»Soll ich meine Mutti fragen? Die freut sich sicher wie 'ne Schneekönigin, wenn sie die Party ausrichten darf.«

»Die Ella als Schneekönigin?« Thomsen lacht. »Klar, sie macht doch immer die besten Partys. Und dass ihr ja alle kommt! Du auch, Meerkatz!«

»Zu Befehl.« Sophie grinst. »Gilt die Einladung auch für meine Begleitung?«

»Klar. Sprechen wir von dem Hamburger Anwalt?«

»Nö.«

»Ah, dann bleibt es wohl in der Familie«, spielt Thomsen auf Enno, Jaspers Halbbruder, an.

»Nö.«

»Der ist noch in Australien«, ergänzt Jasper.

»Aha. Der Grieche?« Thomsen grinst nun wie ein Elfjähriger, der einen Eisbecher ergattert hat.

»Bingo.« Sophie spürt, wie ihre Wangen zu brennen beginnen, als sie an die erste Begegnung zwischen Evando und ihrem Chef zurückdenkt.

»Fein, dass wir das geklärt haben«, schließt Thomsen nun das Thema ab. »Und kein Wort zu Maike.«

Die gute Laune hält noch an, als sie um den Besprechungstisch im Büro des Hauptkommissars versammelt sitzen.

»Wisst ihr, was ich erschreckend finde?«, fragt Svenja und gibt sich gleich selbst die Antwort. »Am Samstag war ich so begeistert, das Schloss endlich von innen sehen zu dürfen – und nun, gerade mal drei Tage später, stellen sich mir bei dem Gedanken, wieder dorthin zu fahren, sämtliche Nackenhaare auf.«

»Das liegt an den Bewohnern«, erklärt Jasper.

»Ach.« Svenja verdreht die Augen bis zur Decke.

»Womit wir beim Thema wären«, unterbricht Thomsen das Geplänkel. »Wie lief die Vernehmung von Till und Wiebke gestern?«

Er sieht Sophie auffordernd an. Doch diese verzieht bloß die Mundwinkel und blickt ihrerseits zu Svenja.

»Offen gesagt, das war ein Schuss in den Ofen«, gesteht jene. Wir wollten sie überrumpeln, aber die haben das gecheckt, und am Ende haben wir nichts herausbekommen. Wiebke kam von ihrem Toilettenbesuch nicht mehr zurück und Till schwieg bis sein Anwalt auftauchte. Und von da an erst recht.«

»Mhm. Denkt ihr, die beiden haben etwas zu verstecken?«, bohrt Thomsen nach.

»Du meinst mehr als eine intime Beziehung unter Cousins?«, stichelt Svenja.

»Hat die SpuSi eigentlich irgendwo Spuren irgendeines Giftes entdeckt?«, wechselt Sophie das Thema.

»Nein. Mittlerweile haben alle Erben und auch deren Nachkommen eingewilligt, dass sie die privat genutzten Räume danach durchsuchen dürfen. Sie sind aber bei niemandem fündig geworden«, erläutert Thomsen.

»Waren die drei Alten auch schon dran?«, hakt Sophie nach.

»Du meinst den Hegel und den Krayenberg? Wer ist der Dritte?«

»Na, der Butler, der hat auch schon einige Jahre auf dem Buckel.«

»Ach, der. Ja, die haben alle drei zugestimmt«, berichtet nun Thomsen. »Auch die Hausdame. Ich weiß aber nicht, ob die SpuSi bei denen schon fertig ist. Jasper, frag da mal nach.«

»Okay, Chef.«

»Dann kommen wir zu Barnd Boekhoff. Der fehlt immer noch. Keinerlei Meldungen von irgendwo. Keine Flugbuchung, keine Kreditkartenabrechnung. Keine Zeugen. Irgendwelche Ideen?« Thomsen kratzt sich an seinem Dreitagebart.

»Vielleicht ist er noch im Schloss?«, schlägt Sophie lakonisch vor.

»Witzig.«

»Nee, ernsthaft.«

»Wenn er sich seit zwei Tagen dort versteckt, muss ihm jemand helfen – etwas zu essen bringen oder zumindest zu trinken«, geht Svenja darauf ein.

»Nun, das wäre doch möglich. Er könnte jemanden dafür bezahlen.«

»Oder erpressen!«, bringt sich nun auch Jasper ein.

»Erpressen?« Die Augenbrauen des Hauptkommissars gehen hoch.

»Ja, warum nicht?« Jasper zuckt die Schultern. »Soweit ich weiß, ist er kein netter Mensch.«

»Hmm«, macht Thomsen, dem man ansieht, dass er bereits rechnet, wie groß die Suchmannschaft für das Schloss und die umliegenden Grünflächen wohl ausfallen müsste.

»Ich würde Hunde vorschlagen«, meint Sophie. »Das könnte die Suche enorm verkürzen.«

33

Auf dem Schloss wird die Nachricht über die bald eintreffende Suchmannschaft nicht mit Begeisterung aufgenommen.

Kein Mitglied der Familie Boekhoff mag sich vorstellen, dass Barnd sich im Schloss versteckt hält.

Nichtsdestotrotz bespricht Sophie mit Tamme und Bonna Boekhoff den Ablauf der Suche. Nach zwei Minuten stoßen Till, Daya und Wiebke, begleitet von einem Unbekannten, dazu.

Till Boekhoff, der den Unbekannten als seinen Anwalt Dr. Landstein vorstellt, führt nun das große Wort. Offenbar ist die Nachricht, dass er der Haupterbe von Adda Boekhoffs Vermögen ist, mittlerweile zu ihm durchgedrungen. Er besteht darauf, in alles einbezogen zu werden und wird dabei lautstark von seiner Cousine Daya unterstützt.

»Ich bin jetzt die Schlossherrin und ich wünsche, dass alles, was dieses Anwesen betrifft, zuerst mit mir besprochen wird.«

Sophie nimmt wahr, dass Tamme Boekhoffs Kopf wieder einmal rot anschwillt. Jedes Mal, wenn er sich so aufregt, befürchtet sie, dass ihm eine Ader platzt.

»Du wirst die Formalitäten noch abwarten müssen«, knurrt er.

»Klar, dass du das sagst«, mischt Till sich ein. »Du

wirst alles verzögern so gut du kannst, aber sieh den Tatsachen ins Auge. Schon bald wirst du weder hier noch in der Firma etwas zu melden haben.«

Genau in dem Moment, als Sophie denkt, Tamme Boekhoff geht seinem Neffen an die Gurgel, wendet er sich von ihm ab und seiner Tochter zu.

»Was machst du hier? Hast du mir nicht schon genug Schande bereitet?«

»Mensch, Papa, krieg dich wieder ein. Der Till hat doch recht. Und ich bin erwachsen und kann mich aufhalten, wo ich will.«

»Dr. Landstein hier nimmt unsere Rechte wahr, meine und Wiebkes.« Till sieht nun Sophie herausfordernd an. »Nur für den Fall, dass Sie noch irgendwelche Fragen haben. Damit können Sie sich direkt an meinen Anwalt wenden.«

»Wir haben hier bloß über die Suche nach Barnd Boekhoff gesprochen, die heute stattfinden wird«, sagt Sophie sachlich. Ihren Ärger über die missglückte gestrige Vernehmung und über das nunmehrige provokative Verhalten lässt sie sich nicht anmerken.

»Falls Sie dazu noch etwas wissen möchten, können Sie sich jederzeit an mich wenden«, sagt sie abschließend und als daraufhin niemand eine Frage an sie richtet, lässt sie die Familie allein weiter streiten und macht sich auf den Weg zur Eingangshalle, um die Kollegen der Hundestaffel zu unterstützen.

Vor den geschwungenen großen Treppen in der Eingangshalle vernimmt sie eine Art ängstlichen Singsang. Er kommt aus einem der Gänge.

Sophie erkennt Yalene, die an der Wand lehnt und mit dem Oberkörper vor sich hin wippt. Sie flüstert Zeile um Zeile eines Gedichts oder eines Gebets, aber die Angst, die in diesen Worten steckt, ist klar erkennbar.

Sophie geht auf sie zu.

»Yalene? Geht es Ihnen nicht gut? Brauchen Sie einen Arzt?«

»Er wird kommen. Er wird kommen, heute Nacht, und er wird uns alle töten.«

»Yalene? Von wem sprechen Sie?«

»Von ihm, der uns alle umbringt. Einen nach dem anderen. So wie er es mir gesagt hat.«

»Was sagen Sie da? Yalene, von wem sprechen Sie? Von Barnd?«

»Er ist der Teufel, der uns heimsuchen und bestrafen wird, der Teufel, der jede Nacht in mein Bett kommt.«

»Meinen Sie Tamme, Ihren Mann?«

Aber Yalene zieht sich nun wieder ganz in sich selbst zurück. Mit eingezogenen Schultern und mit Beinen, die schwer über den Teppich schleifen, bewegt sie sich langsam von Sophie weg.

Die sieht ihr einen Moment lang hinterher und beschließt dann spontan, ihren Chef von dieser Begegnung in Kenntnis zu setzen.

34

Thomsen ist mit Uli Knudsen im Hightech-Büro der Verstorbenen in eine Erörterung der Situation vertieft. Er fordert den IT-Techniker auf, auf Basis aller vorliegenden Videoaufnahmen einen Ausgangspunkt festzulegen, wo mit der Suche nach Barnd Boekhoff begonnen werden soll.

»Nachdem er zuletzt gesehen wurde, als er die Eingangshalle querte, kurz zum Tor hinauslief und nochmals die Eingangshalle in die andere Richtung querte, würde ich tatsächlich empfehlen, dort zu beginnen. Vielleicht findet einer der Hunde den Weg, den er von dort aus genommen hat.«

»In Ordnung«, stimmt Thomsen zu und wendet sich bereits wieder zum Gehen.

»Einen Moment noch«, hält Knudsen ihn zurück. »Bei der Durchsicht aller Videos in diesem Zeitraum ist mir noch etwas aufgefallen.«

Weiter kommt er nicht, da in diesem Moment Sophie den Raum betritt und die Aufmerksamkeit ihres Chefs auf sich lenkt.

»Ich hatte gerade eine voll krasse Begegnung mit Yalene Boekhoff. Die steht völlig neben sich und faselt etwas von einem Teufel. Könnte sein, dass sie ihren Mann damit gemeint hat. Aber sie machte wirklich den Eindruck, als hätte sie Angst um ihr Leben. Das war schon beinahe gruselig.«

Nachdem Sophie ihre Schilderungen beendet hat, deutet Thomsen auf den Monitor.

»Uli hat auch etwas Interessantes herausgefunden. Hören wir uns das an.«

»Guck mal hier«, übernimmt Knudsen. »Kurz, nachdem Barnd Boekhoff verschwunden ist, konnte ich Wiebke Boekhoff über mehrere Kameras auf ihrem Weg zum Spielzimmer verfolgen.«

»Nun, es ist inzwischen allgemein bekannt, dass sie und Till beinahe jede freie Minute in diesem Raum verbracht haben«, erwidert Sophie.

»Ja, aber etwas ist auffällig.« Knudsen deutet auf verschiedene Kameraausschnitte am Monitor. »Sieh mal, hier kann man sie sehen, und hier, und dann ist sie plötzlich fast zwanzig Minuten verschwunden, bis sie im Spielzimmer auftaucht. Und zwar nicht allein. Wiebke und Till Boekhoff betreten den Raum gleichzeitig um 02:51. Also habe ich ihn auch auf den Kameras verfolgt. Er nahm den gleichen Weg wie Wiebke, allerdings fünf Minuten später. Daraufhin bin ich den Weg selbst einmal abgegangen. Von dem Punkt, an dem Till zuletzt von einer Kamera erfasst wurde, bis zum Spielzimmer, braucht man bloß fünf Minuten. Er brauchte für diese Strecke aber fünfzehn und Wiebke zwanzig.«

»Aha, das ist interessant. Offenbar haben sich die beiden am Weg getroffen«, schlussfolgert Sophie.

»Ja. Und sie wurden aufgehalten. Und zwar in einem Bereich des Schlosses, wo sich auch Barnd Boekhoff versteckt halten könnte.«

»Oha.« Thomsen ist nun mächtig an den Aufnahmen interessiert. »Wann genau verschwand Boekhoff?«

»Um 02:32 wurde er das letzte Mal erfasst – von der Kamera im Eingangsbereich.«

»Mhm . . . zeig mir noch mal die Aufnahme, als Till und Wiebke im Spielzimmer ankamen. Aber mach das Bild ganz groß«, verlangt Thomsen und verfolgt anschließend die Ankunft des Pärchens mit konzentriert zusammengekniffenen Augen.

»Die weint doch, oder? Das Mädchen, die Wiebke, die plärrt so, dass ihre Schultern beben. Und er gibt sich alle Mühe, sie zu trösten. Da ist irgendetwas auf dem Weg passiert.«

»Da könntest du recht haben«, erkennt Sophie an.

»Gleich nach dem Briefing der Hundeführer nehme ich mir die beiden vor«, beschließt Thomsen. »Die sollen mal auspacken, was da los war.«

Sophie verzieht das Gesicht. »Da wünsche ich dir viel Spaß. Dr. Landstein steht bereits am Start.«

35

Amira, die Schäferhündin, die ausgiebig an einem getragenen Unterhemd von Barnd Boekhoff schnüffelte, braucht genau sieben Minuten, bis sie an einer geschlossenen Kellertür Laut gibt.

Der Hundeführer drückt die Klinke und kann seine aufgeregte Hündin nun kaum noch beruhigen. Das hier etwas nicht stimmt, sagt ihm auch der Gestank, der zu ihm heraufdringt.

Der uniformierte Kollege, der ihn begleitet, tastet nach dem Lichtschalter und als er ihn mithilfe seiner Taschenlampe endlich findet und betätigt, beleuchtet die Neonröhre in diesem Kellerraum eine unschöne Szenerie. Unten, am Fuß der Treppe, liegt ein Mann in einer verrenkten Position, der dem Geruch nach schon eine Weile nicht mehr lebt.

* * *

Dr. Emmermann sonnt sich in seiner Verantwortung. Er gehört zu jenen Menschen, die es genießen, wenn alle Augen auf ihn gerichtet sind.

»Nun sag schon«, verlangt Thomsen. »Ist er im Suff die Treppe runtergekracht oder hat da jemand nachgeholfen?«

Emmermann wiegt seinen Kopf bedächtig hin und her.

»So, wie der da liegt, würde ich sagen Genickbruch. Der Gerichtsmediziner soll das mal bestätigen, und auch gleich gucken, ob er Hinweise am Körper hat, die für ein Hinunterstoßen sprechen. Auch einen Tox-Screen würde ich empfehlen. Ab einer gewissen Promillegrenze wäre es durchaus möglich, dass er ganz von allein 'nen Köpper abwärts gemacht hat.«

»Mensch, Aiko. Ich brauch 'ne Antwort auf die Frage, ob Fremdeinwirkung vorliegt«, hält Thomsen mit seiner Enttäuschung nicht hinterm Berg.

»Tja. Ich würd mal eher auf *nein* tippen, aber offiziell bekommst du das von mir nicht zu hören«, erklärt er mit einem finsteren Seitenblick auf Sophie. »Besser, du lässt den Gerichtsmediziner ran.«

»In Ordnung, dann lass ihn ins Klinikum bringen«, fügt sich Thomsen dem Unvermeidlichen und stapft die steile Treppe wieder hoch. Dass es in dem stinkenden Kellerraum keinen Handyempfang gibt, ist ein willkommener Anlass, ihn schleunigst wieder zu verlassen.

36

Die Nachricht, dass Barnd Boekhoff tot im Keller aufgefunden wurde, verbreitet sich wie ein Lauffeuer im ganzen Schloss. Binnen Minuten versammelten sich Familienmitglieder und Personal in der Eingangshalle, um dem Abtransport beizuwohnen.

Als Sophie die Halle betritt, wird sie sofort von etlichen Neugierigen umringt und mit Fragen bestürmt.

Bonna setzt sich mit ihrer lauten Stimme als Erste durch.

»Wurde er ermordet?«

»Das wissen wir noch nicht.«

»Also könnte er sich auch selbst umgebracht haben?«, will Till wissen.

»Kein Kommentar.«

»Kein Kommentar? Es geht hier um meinen Vater«, bläst der junge Boekhoff sich auf.

»Um unseren Vater«, korrigiert sein Bruder Jan. »Ist er hackedicht die Treppe runtergesegelt oder beim Nachschub holen an einer Alkoholvergiftung verreckt?«

»Ich hab gehört, wie einer der Polizisten etwas von einer steilen Treppe gesagt hat«, trumpft Bonna auf.

»Und ich habe etwas über einen Genickbruch vernommen«, mischt sich nun auch Daya ein, während sie an einem Hors d'oeuvre knabbert.

Erst jetzt fällt Sophie auf, dass die Bediensteten hier kleine Häppchen und Drinks servieren.

Plötzlich steht Tamme in seiner ganzen Leibesfülle vor ihr.

»Mein Neffe Till hat recht. *Kein Kommentar* ist keine akzeptable Aussage für uns als Familie. Ich erwarte Ihren vollständigen Bericht in spätestens zwei Stunden.«

Sophie strafft ihre Schultern.

»Herr Boekhoff, bei allem Respekt, wir arbeiten nicht für Sie. Wir akzeptieren weder Deadlines von Ihnen noch sonstige Vorgaben. Aber ich werde dem Hauptkommissar ausrichten, dass Sie ihn zu sprechen wünschen.«

* * *

Thomsen telefoniert freiwillig draußen vor dem Schloss. Die eisigen Temperaturen nimmt er im Austausch gegen die gute Luft gern in Kauf, obwohl das Gespräch bereits sieben Minuten andauert.

»Und warum hängst du mir das um?«, will sein Dienststellenleiter gerade von ihm wissen.

»Weil ich bereits gescheitert bin. Ich krieg für heute keine Autopsie mehr. Und das ist echt eine Katastrophe. Wir sind in einer heiklen Phase bei den Ermittlungen hier. Wir müssen dringend wissen, ob Barnd Boekhoff ermordet wurde.«

»Das verstehe ich ja«, entgegnet Petersen. »Aber . . .«

»Komm mir jetzt nicht mit *aber*. Gestern noch hast du angeboten, uns zu unterstützen, wenn wir dadurch schneller vorankommen. Und genau darum geht es heute. Wir brauchen Boekhoffs Leiche sofort auf dem Tisch. Wenn er umgebracht wurde, haben wir es möglicherweise mit einem Serientäter zu tun.«

»Okay, ich versuche, es möglich zu machen.

Versprechen kann ich allerdings nichts.«

Anschließend ruft Thomsen im Hotel *Zum Anker* an, um im dortigen Restaurant einen hübschen Tisch für den Abend zu reservieren. Doch das Ergebnis ist ernüchternd. So kurzfristig ist leider nichts mehr frei. Diese Antwort bekommt er auch von den weiteren Restaurants, bei denen er sein Glück versucht. Keine Chance für Kurzentschlossene in der Vorweihnachtszeit. Was für ein Jammer, da wird ihm wohl etwas anderes einfallen müssen.

Als Thomsen in die Eingangshalle zurückkehrt, hat er das Gefühl, eine Party zu crashen. Champagner wird serviert, dazu kleine Häppchen, die absolut köstlich aussehen, wie er zugeben muss. Als er eines von diesen Dingern probiert, steht plötzlich Dr. Lutz vor ihm.

»Lassen Sie es sich ruhig schmecken, ich darf Ihnen von meinem Mandanten ausrichten, dass wir davon ausgehen, dass die Ermittlungen nun abgeschlossen sind. Barnd hat wohl aus Hass seine bedauernswerte Mutter vergiftet und ist anschließend selbst zu Tode gekommen. Es wird Zeit, dass in diese Familie wieder Ruhe einkehren kann.«

Thomsen lacht laut auf, was dazu führt, dass ihm eine halbe Krabbe in den Hals rutscht. Ein fürchterlicher Hustenanfall ist die Folge.

»Hören Sie«, krächzt er unter Tränen. »Eine Mordermittlung ist kein Wunschkonzert.«

Als er das halb zerkaute Meerestier notgedrungen mit Champagner hinunterspült, ruft Petersen zurück. Voll des Selbstlobs, dass es ihm gelungen ist, die Obduktion von Barnd Boekhoff noch für heute Nachmittag auf die Liste zu bekommen.

»Wunderbar«, japst Thomsen. »Kommissar Hinrichs wird teilnehmen«.

37

Bevor der Hauptkommissar die Eingangshalle der Boekhoffs verlässt, nimmt er die Hausdame noch kurz zur Seite.

»Ähem, nur mal so unter uns, ich meine abseits der Ermittlungen – haben Sie für das Catering hier gesorgt?«

»Natürlich, das gehört zu meinen Aufgaben. Wenn ich sehe, dass mehrere Personen, aus welchen Gründen auch immer, zusammen stehen, bieten wir Erfrischungen an.«

»Ah ja. Und diese Krabbenbrötchen, die machen Sie selbst oder lassen Sie liefern?«

»Nee, die machen wir nicht selbst. *Krabbe* & *Co* aus Uelvesbüll liefert uns die innerhalb von Minuten.«

»Sehr fein. Sie wissen nicht zufällig, ob die auch einen Gassenverkauf haben?«

»Doch ja, haben die. Aber mir ist nicht klar, wozu Sie das wissen wollen.«

»Rein privat.« Thomsen reibt sich zur Verdeutlichung den Bauch.

»Ah, verstehe.« Nun zwinkert sie ihm zu. »Die mit Lachs sind auch sehr köstlich.«

»Danke«, sagt Thomsen und fügt, »Entschuldigen Sie mich«, hinzu, da sein Diensthandy in der Hose vibriert.

Er wendet sich von ihr ab und hört eine Weile zu.

»Okay, danke.«

Er steckt das Handy wieder weg und sieht sich nach seinen Leuten um. Er findet sie neben der Eingangstür, wo sie sich zu einem Austausch versammelt haben.

»Jetzt sag schon«, verlangt Svenja, die ihn während des Telefonats gespannt beobachtet hat und nun vor Neugier beinahe platzt.

Doch Thomsen winkt sein Team vorsichtshalber ins Freie hinaus, um keine ungebetenen Mithörer zu haben.

»Das war Professor Wighard. Adda Boekhoff wurde mit dem Blauen Eisenhut vergiftet. Ein unglaublich tödliches und schnell wirkendes Gift.«

»Wow«, entfährt es Svenja und Jasper gleichzeitig.

Während ihren Kollegen noch der Mund offensteht, nimmt Sophie bereits ihr Smartphone zur Hand, um weitergehende Informationen zu erhalten, die sie für ihre Kollegen vorliest.

»Der Blaue Eisenhut ist schön anzusehen – aber auch sehr giftig. Andere Bezeichnungen sind: Teufelskappe, Ziegentod, Würgling. Er gilt als die giftigste Pflanze Europas. Alle Pflanzenteile enthalten das hochgiftige Alkaloid Aconitin, dessen letale Dosis beim Erwachsenen zwischen zwei und sechs Milligramm beträgt. Deshalb verlaufen Intoxikationen häufig tödlich. Es kommt zu Schweißausbrüchen, Erbrechen, Lähmung der Zunge und starken Koliken. Die Körpertemperatur sinkt ab, die Atmung wird unregelmäßig, der Blutdruck sinkt. Der Tod tritt je nach Stärke der Vergiftung schon nach dreißig bis fünfundvierzig Minuten durch Atemlähmung oder Herzversagen ein. Auffallend sind die sehr starken Schmerzen bis zum Tod.«

»Das ist ja ein Ding.«

»Gewaltig«, meint auch Thomsen. »Der gute Tamme wird mich jetzt sofort mit dem Gärtner hier bekannt machen.«

* * *

Emilio Garcia, geboren in Spanien und aufgewachsen in Flensburg, trifft beinahe der Schlag, als Thomsen ihn in einem der Gewächshäuser, die zum Anwesen gehören, nach Vorkommen vom Blauen Eisenhut am Schlossgelände befragt.

»Dio mio Herr Kommissar, das ist eine sehr gefährliche Pflanze, die haben wir hier nicht.«

»Nicht?«

»Nein, natürlich nicht, das wüsste ich.«

Thomsen sieht sich um.

»Sie können unmöglich der einzige Gärtner hier sein.«

»Da haben Sie recht. Aber der einzige, der hier angestellt ist. Meine Aufgabe ist es, die Partnerfirmen auszuwählen und zu kontrollieren. Für Rasen, Hecken, Gewächshäuser. Alles was grünt und blüht eben.«

»Aha. Und wo waren Sie Samstag Abend? Haben Sie sich um die Blumenarrangements bei der Party gekümmert?«

»Nein, die Blumendeko liegt nicht in meiner Verantwortung. Das macht die Hilke. Die Schnittblumen werden immer extern geliefert. Ich war zu Hause bei meiner Familie.«

»Gut.« Thomsen überreicht ihm eine Karte. »Falls Ihnen noch etwas einfällt, kontaktieren Sie mich bitte.«

* * *

Maike hat es sich bereits auf dem Sofa vor dem Fernseher bequem gemacht, als er zur Tür hereinkommt.

»Bärchen«, begrüßt sie ihn freudig. »Ich dachte, du kommst heute erst mitten in der Nacht.«

»Vielleicht hat mich ja die Sehnsucht heimgetrieben?«

»Oh, du Charmeur. Möchtest du etwas essen? Ich kann dir die Reste von gestern aufwärmen.«

»Ach, lass nur. Ich hab selbst vorgesorgt.«

Thomsen stellt die Box mit den exklusiven Brötchen auf den Couchtisch und zwei Flaschen Champagner daneben.

»Soll das heißen, wir haben heute noch einen Grund zum Feiern?« Maike zwinkert ihm zu.

»Das will ich schwer hoffen.«

»Dann kündigst du der Gertrud?«

Thomsen seufzt.

»In einer Beziehung geht es doch darum, Kompromisse zu finden. Du weißt, dass Gertruds verstorbener Mann jahrelang an Hodenkrebs litt. Und du weißt auch, dass er einer meiner besten Freunde war und ich ihm an seinem Sterbebett versprochen habe, seine Frau zu unterstützen. Ich habe Gertrud bereits mehrmals angeboten, ihr einen monatlichen Zuschuss zukommen zu lassen. Davon will sie aber nichts wissen. Sie will ihr Geld selbst verdienen.«

»Sie will in deiner Nähe sein. Ich sehe doch, wie sie dich ansieht, und wie sie sich immer rausputzt, um dir zu gefallen. Und dass sie immer bloß sonntags Zeit hat, weil du da normalerweise zu Hause bist, ist auch sehr auffällig.«

»Da könntest du ein klein wenig recht haben, aber es betrifft ja nur jeden zweiten Sonntag und deshalb werden wir in Zukunft an diesen Tagen mehr unternehmen. Nette Ausflüge, wie meine kleine Enkelin besuchen oder auch deine Schwester, wenn du möchtest. Und hier in deiner Wohnung können wir immer noch ganz für uns sein.«

»Mhm«. Maike schiebt die Unterlippe vor. »Wenn du meinst . . . aber so prickelnd ist dein Kompromissvorschlag jetzt nicht, dass ich deswegen in romantische Stimmung komme . . .«

»Noch nicht.« Thomsen grinst und öffnet den Champagner. Er schenkt die Gläser voll und öffnet galant die Balkontür.

»Sieh mal, wie viele Sterne da oben am Himmel stehen«, flüstert er und dankt im Stillen dem Wettergott für den klaren Abend.

»Ja, viele.« Sie reibt sich ihre Unterarme in der Kälte. Ausgerechnet heute, wo die Temperatur weit unter Null liegt, hat er so romantische Anwandlungen.

»Schließ deine Augen«, verlangt er plötzlich und sie tut ihm den Gefallen.

Als sie ihre Augen wieder öffnet, kniet er vor ihr, ein kleines Schmuckkästchen vom Juwelier in der Hand.

»Oh mein Gott!«, sie presst sich beide Hände auf den Mund.

»Maike Schütze, möchtest du meine Frau werden?«

Als er sieht, wie ihre Augen zu strahlen beginnen und sich vor Rührung mit Tränen füllen, erhebt er sich, um sie zu küssen.

»Ja«, haucht sie. »Und mit Sicherheit wird das der romantischste Abend aller Zeiten!«

38

Otello maunzt vorwurfsvoll, als Sophie spät abends nach Hause kommt. Sie streichelt ihm liebevoll über den Kopf, während sie aus den Schuhen schlüpft.

»Hallo mein kleiner Liebling, das Alleinsein gefällt dir wohl nicht? Kann ich gut verstehen. Ich finde es auch schön, wenn Evando hier ist, aber jeden Tag geht das leider nicht.«

Auf dem Weg zur Küche umstreicht Otello ihre Beine in Achterschleifen.

Sophie richtet ihm sein Futter in seiner Schüssel an und schenkt sich selbst ein Glas Rotwein ein. Sie liebt ihr abendliches Ritual – ein Glas Wein, eine Zigarette und ein Telefonat mit ihrer besten Freundin.

Sie schlüpft in warme Puschen, die mit Kunstfell gefüttert sind und wickelt sich in eine flauschige Decke. Auf diese Art lässt sich die Terrasse auch Anfang Dezember noch genießen.

Alex hebt nach dem zweiten Läuten ab, und die Verbindung ist heute so klar, als ob Berlin bloß ums Eck wäre.

»Hi Süße, hast du tatsächlich mal wieder Zeit für mich?«, lästert ihre Freundin zur Begrüßung.

»Ja, endlich. Zeit für dich und auch für mich. Dieser Fall frisst mich auf.«

»Und ich dachte, Evando frisst dich auf. Denn seit er

aus Seattle zurück ist, bekomm ich kaum noch ein Lebenszeichen von dir.«

»Stimmt. Ich suhle mich hier mit ihm im Glück und vernachlässige dich sträflich. Ich bin eine schlechte Freundin.«

Alex lacht. »Die miserabelste! Hey, ich freu mich richtig für dich. Evando ist ein Volltreffer und soviel ich weiß, hat es ihn auch erwischt.«

»Ja? Hat er das gesagt?«

»Jedes Mal, wenn wir telefonieren, ist er ganz hin und weg von dir.«

»Oh . . .« Sophie kann spüren, wie ihre Wangen zu brennen beginnen. »Ich habe auch so ein Gefühl, ankommen zu können. Bloß . . .«

»Was bloß?«

»Der Ring. Weißt du noch?«

»Der Ring, der vor ein paar Wochen vor deiner Tür lag, und den du in die Tiefen des größten Schranks verbannt hast?«, fragt Alex nach.

»Genau der.«

»Was ist mit dem?«

»Ich möchte ihn loswerden.«

»Dann schmeiß ihn weg.«

»Das geht nicht. Es ist der Ring seiner Urgroßmutter, ein ganz bedeutsamer Ring, sie hat ihn einst vom russischen Kaiser Alexander III. geschenkt bekommen.«

»Ach ne? Der wurde doch auch der Friedensstifter genannt. Obwohl . . . so friedvoll war der auch nicht wirklich«, merkt Alex an.

»Ah, okay. Jetzt bin ich aber schwer beeindruckt. Doch inwiefern hilft mir das, diesen Ring loszuwerden?«, erwidert Sophie.

»Verkauf ihn einfach. Damit lässt sich sicher ein Spitzenpreis erzielen.«

»Das kann ich doch nicht machen.« Sophie leert ihr Glas Rotwein in einem Zug.

»Dann schick ihn zurück.«

»Dann schickt er ihn mir wieder. Oder noch schlimmer, er bringt ihn mir persönlich.«

»Ach herrje . . .« Alex beginnt plötzlich zu kichern. »Der Mann ist nicht blöd. Der hat sich bei Tolkien abgeschaut wie das geht. *Ein Ring, um sie zu knechten.*«

»Du bist keine Hilfe«, motzt Sophie.

»Und du wirst dich nie ganz von Finn befreien, solange du diesen Ring nicht wieder loswirst. So bleibt er ewig in deinem Kopf.«

Sophie schenkt sich vom Rotwein nach und lässt sich in die Kissen des Gartenstuhls sinken.

»Ich will nichts mehr über ihn hören, lass uns lieber über den Fall sprechen. Ich muss dir von diesem Schloss erzählen. Die Kulisse ist beeindruckend, aber die Leute dort sind schrecklich. Also die meisten. Und wir kommen mit den Ermittlungen nicht vom Fleck. Unser Hauptverdächtiger ist gerade tot aufgefunden worden und wir wissen noch nicht mal, ob er in berauschtem Zustand einem Unfall zum Opfer fiel oder ob jemand nachgeholfen hat.«

Sophie steckt sich nun ihre allabendliche Zigarette an und schüttet ihrer Freundin ihr Herz aus.

»Ja, manches bleibt rätselhaft.«

»Du sagst es. Und dieser Mord an der Diamantenwitwe – wie kann das sein, dass jemand einen Schluck Eisenhut zu sich nimmt, ohne dass ein Rückstand im Glas bleibt?«

»Hoppla, meinst du den Blauen Eisenhut?«

»Ja, genau den. Wir haben heute das Ergebnis der Tests bekommen.«

»Wow. Erzähl weiter.«

»Nun, alle Zeugen haben übereinstimmend ausgesagt, dass das Opfer einen großen Schluck von dem Magenbitter nahm, wie jedes Mal nach dem Essen, und sofort danach geschimpft hat, dass der scharf schmeckt und ihre Zunge taub macht. Besagtes Schnapsglas wurde an ihrem Platz sichergestellt, enthielt ihre Fingerabdrücke und auch Reste von genau ihrem Magenbitter, allerdings wurden darin nicht die geringsten Giftspuren entdeckt. Wir fragen uns alle, wie das möglich ist.«

»So, wie du es schilderst, gar nicht. Wenn Aconitin, also die giftige Substanz des Eisenhuts, im Magenbitter war, dann muss es Rückstände im Glas geben.«

»Ja, sollte man meinen. Aber die Flasche des Magenbitters wurde ebenfalls sichergestellt und darin fanden sich auch keine Spuren. Gleiches gilt für die Dessertschale und das Champagnerglas.«

»Hm«, murmelt Alex. »Meiner nüchternen Meinung nach lässt das eigentlich nur einen Schuss zu.«

»Nämlich?«

»Das Schnapsglas wurde ausgetauscht.«

»Du meinst, der Mörder hat während des ›Chaos‹, als das Opfer sich bereits krümmte und vor Schmerzen schrie, unbemerkt das Glas getauscht?«

»Ja. Anders ist es nicht erklärbar. Aconitin-Rückstände verflüchtigen sich nicht von selbst.«

»Also ist unser Mörder nicht nur hinterhältig, sondern auch sehr geschickt mit seinen Händen. Und er muss sie gehasst haben, um ihr auf diese schreckliche Weise das Leben zu nehmen.«

»Richtig. Du suchst jemanden mit flinken Fingern und eisernen Nerven, der vom Testament profitiert und in der Lage ist, das Gift aus den Pflanzenbestandteilen herzustellen. Er oder sie muss außerdem während des Dinners zumindest kurzzeitig ganz nah am Opfer dran gewesen sein.«

Sophie nickt zustimmend. »Wir haben noch einen weiteren Hinweis: Durch die vorgenommene Löschung der Überwachungsvideos wissen wir, dass der Mörder nicht nur den geheimen Hightech-Raum kannte, sondern auch die Möglichkeit hatte, nach Addas Tod in ihren PC einzusteigen... puhhh, ich muss da erst mal 'ne Nacht drüber schlafen.«

Die Fantasie ist das Auge der Seele

MITTWOCH

39

Nach dem Telefonat mit ihrer Freundin gestern Abend lag Sophie noch lange wach. Die Gedanken in ihrem Kopf führten ein Eigenleben und hinderten sie hartnäckig am Einschlafen. Erst bekam sie Finn nicht aus dem Kopf – mitsamt seinem verdammten Ring, über dessen Schicksal sie sich einfach nicht klar werden konnte – später nahm sie der heimtückische Giftmord wieder gefangen.

Sie hätte sich gewünscht, in Evandos Armen zu liegen und seine nackte Haut zu spüren, denn das hatte sie noch jedes Mal wunderbar vom Denken abgehalten. Doch Evando war wieder in Cuxhaven und mangels jeglicher erotischer Ablenkung hatten die Gedanken, die um den Fall kreisten, leichtes Spiel. Speziell die Frage, warum nirgendwo Spuren des Blauen Eisenhuts nachweisbar waren, ließ ihr keine Ruhe.

Heute Morgen wusste sie nicht mehr, ob ihr die Idee im Traum gekommen war, oder ob das Gespräch mit Alex sie inspiriert hatte. Jedenfalls hatte sie plötzlich das Gefühl, als ob die Lösung vor ihr liegen würde – zum Greifen nah, aber trotzdem noch unsichtbar.

Deshalb stand sie schon um sechs Uhr früh auf und war um kurz vor sieben die Erste im Büro.

Nun, gegen acht, als Jasper zur Tür hereinkommt, hat sie bereits einen Schlachtplan ausgearbeitet.

»Moin.«

Sophie schaut irritiert auf. Irgendetwas ist anders an dem Klang seiner Stimme und er strahlt wie ein voll beleuchteter Weihnachtsbaum.

»Mann, was ist mit dir passiert?«

»Ich werde Sonnabend auf der Verlobungsparty des Chefs nicht Single sein.«

»Nicht?«

»Nee.«

»Oh wow! Das sind ja News! Wer kommt denn mit?«

»Billi!«

»Ah Billi . . .« Sophie sieht ihn kopfschüttelnd an. »Mensch, Jasper, woher soll ich denn wissen, wer das ist?«

»Ach so, ja. Die Krankenschwester.«

»Hieß die nicht Julia?«

»Ja, schon. Aber Billi ist ihr Kosename.«

»Wie kommt man von Julia auf Billi . . . ach, egal. Du hast dich wirklich getraut, sie anzurufen?«

Sophie ist tatsächlich ein wenig beeindruckt.

»Nee, das nicht.« Er kichert. »Aber Svenja war so schlau und hat ihr auch meine Nummer gegeben.«

»Aha. Und sie hat dich angerufen?«

»Ja. Unglaublich, nicht wahr?«

»Und du nimmst sie am Samstag schon zu der Verlobungsparty mit?«

»Wen nimmst du zur Party mit?«, unterbricht Svenja, die offenbar unbemerkt hereingekommen ist.

»Die Billi.« Jasper zwinkert ihr zu. »Die Krankenschwester.«

»Oh. Hieß die nicht Julia?«

»Kosename«, erklärt Sophie wissend.

»Aha.« Svenja runzelt die Augenbrauen. »Ist dir klar, dass deine Mutti sie sogleich als zukünftige Schwiegertochter und Mutter ihrer Enkelkinder in

Beschlag nehmen wird?«

»Ja, das befürchte ich auch«, gibt Jasper zu. »Ich hab Billi auch ausdrücklich davor gewarnt. Aber sie hat bloß gelacht und gesagt, ihre Mutter wär genauso. Und dass wir eben hinterher gemeinsam darüber lachen würden.«

»Wow. Die ist ja super. Gratuliere dir.« Svenja umarmt ihn spontan und drückt ihn ganz fest.

In eben jenem Moment kommt Hauptkommissar Thomsen durch die Glastür, wie üblich als letzter. Er wirft Jasper einen tadelnden Blick zu.

»Ein richtiger Mann holt sich seine Streicheleinheiten zu Hause.«

»Mach ich Chef. Sonnabend.«

»Ach.« Thomsen hebt eine Braue, beschließt dann aber das Thema vorerst nicht weiter zu vertiefen. »An alle: Kaffee fassen und in mein Büro mitkommen. Wir haben einen langen Tag vor uns.«

Kaum sind alle um seinen Besprechungstisch versammelt, hält er es keine Sekunde mehr länger aus.

Er zieht eine Flasche Champagner hinter seinem Rücken hervor und präsentiert sie mit leuchtenden Augen.

»Ihr dürft mir gratulieren! Ich bin ein verlobter Mann!«

Das Grinsen in seinem Gesicht reicht dabei von einem Ohr bis zum anderen.

Gerade, als sie reihum mit den Sektflöten anstoßen, steht plötzlich Dienststellenleiter Petersen mitten im Raum.

»Mann, Rüde. Das glaub ich jetzt nicht.« Er sieht demonstrativ auf seine Armbanduhr. »Alkohol im Dienst – und auch noch so früh morgens?«

»Glaub's ruhig«, meint Thomsen gelassen. »Ich hab mich verlobt!«

»Nein!«

»Doch!«

»Gratuliere! Also in diesem Fall hab ich ausnahmsweise nichts gesehen.« Petersen rückt sich die vor Schreck verrutschte Brille wieder zurecht.

»Soll mir recht sein«, grinst Thomsen.

»Auch ein Schlückchen?«, bietet Svenja an.

»Nee, nee, also das nicht.«

»Was führt dich denn überhaupt her?«, will Thomsen nun wissen.

»Der Gerichtsmediziner, der sich gestern doch noch bereit erklärt hat, die Obduktion an Barnd Boekhoff vorzunehmen, dieser Dr. Jensen, hat mich in der Nacht noch angerufen.«

»Wieso denn dich?«

»Keine Ahnung, er sagte, von euch ging keiner ran. Egal. Er hat die Todeszeit berechnet. Barnd Boekhoff starb in der Nacht auf Sonntag zwischen zwei und drei Uhr morgens.«

»Und sonst?«

»Wie und sonst?«

»Was hat er noch gesagt?«

»Nichts.« Petersen sieht nun etwas verständnislos drein.

»Den Rest hat er mir gestern schon erzählt, als ich dort war«, klärt Jasper nun auf. »Das wollte ich euch eben berichten. Barnd Boekhoff war stark alkoholisiert – Jensen kommt mit seinen Berechnungen auf über zwei Promille – und er starb an einem Genickbruch infolge des Treppensturzes. Leider sagte der Gerichtsmediziner auch, dass er unmöglich feststellen kann, ob Fremdeinwirkung vorliegt, weil ein simpler Stoß keine Spuren auf Boekhoffs Körper hinterlassen hätte.«

»Genau das hab ich befürchtet«, grummelt Thomsen.

»Nun denn«, verabschiedet sich Petersen, »ihr werdet den Fall trotzdem lösen – und lasst euch nicht erwischen.«

Er wirft einen Seitenblick auf die Champagnerflasche, zwinkert Thomsen zum Abschied zu und eilt aus dem Raum.

»Nun denn«, wiederholt Thomsen und äfft den Tonfall des Dienststellenleiters nach, »alle Vorschläge auf den Tisch, wie wir diesen Fall gelöst bekommen.«

Es bleibt verdächtig ruhig. Svenja schenkt Champagner nach, Jasper bindet sich die Schuhe neu.

»Ich hab das Gefühl, die Lösung ist zum Greifen nah. Aber gleichzeitig sehe ich sie noch nicht. Kennt ihr das?«, fragt Sophie in die Stille.

»Mhm«, kommt es von mehreren Seiten.

»Ich habe viel nachgedacht«, setzt Sophie fort. »Zunächst können wir Barnds Todeszeit noch enger eingrenzen, denn wie wir von den Videoaufzeichnungen wissen, verließ er um 02:14 Uhr seine Suite und wurde um 02:32 Uhr in der Eingangshalle das letzte Mal von den Kameras erfasst. Demnach muss er in der darauffolgenden halben Stunde gestorben sein.«

Zustimmendes Murmeln von allen Seiten füllt den Raum.

»Trotzdem glaube ich, wir haben uns alle von Barnds Verschwinden ablenken lassen«, führt sie ihre Gedanken weiter aus.

»Dann denkst du nicht, dass er der Täter ist?«

»Nein.«

»Warum nicht?«, fragt Jasper nach.

»Bloß so ein Gefühl. Gehen wir die Situation noch einmal durch: Wir haben den Magenbitter im Verdacht. Den schenkte der Butler aus, und zwar formvollendet, mit einer Hand am Rücken. Alle Fotos und Vernehmungen belegen das.« Sophie legt einen Ausdruck vor, auf dem Gard Bleeker zu sehen ist, wie er in seiner Uniform, zu der auch weiße Handschuhe gehören, seiner Serviertätigkeit nachkommt. »So kann man kein Gift in ein Glas tröpfeln. Er hat einer Person nach der anderen eingeschenkt, zuerst Adda Boekhoff, dann ihrem engsten Umfeld. Die vollen Schnapsgläser standen herum, die Unterhaltung lief weiter. Barnd tauchte auf und zog seine Show ab. Er hätte die Gelegenheit gehabt, seiner Mutter etwas ins Gläschen zu kippen, aber er ist nicht der Einzige.«

»Stimmt, der Krayenberg und der Hegel, die saßen neben ihr«, meint Jasper.

»Und der Butler, der stand hinter ihr. Außerdem kam Daya auf ein Küsschen vorbei – unmittelbar, bevor das Opfer Probleme bekam«, ergänzt Svenja.

»Was ist mit der Bediensteten, die die Schokomousse servierte und ihrem Kollegen, der Champagner nachschenkte?«, fragt Jasper nachdenklich.

»Die haben doch überhaupt kein Motiv«, schießt Svenja sofort zurück.

»Wisst ihr, was ich denke? Es gibt noch jemanden, der es gewusst hat. Denkt mal an den Zettel im Lieferwagen«, meint Thomsen und leert sein Glas in einem Zug.

»Vielleicht hat der Mörder ihn selbst geschrieben?«, mutmaßt Sophie.

»Wieso das denn?«, blafft Thomsen.

»Um die Spur auf Barnd zu lenken.«

»Das verstehe ich nicht«, wirft Jasper ein.

»Stell dir vor, du planst, jemanden umzubringen und dann hörst du, wie jemand etwas sagt, das genau so verstanden werden kann, als ob er es auch vorhat«, erklärt Sophie. »Und du kriegst mit, dass du nicht der Einzige bist, der diese Worte gehört hat. Die junge Aushilfskraft würde bei einer polizeilichen Befragung natürlich sofort bestätigen, dass Barnd so etwas gesagt hat. Somit wird der Verdacht von Anfang an auf ihn gelenkt.«

»Trotzdem – das erklärt nicht, warum keine Spuren vom Eisenhut zu finden waren. Weder im Champagnerglas, noch in der Schokomousseschale, noch in dem Schnapsglas, in dem der Magenbitter war«, grummelt Thomsen. »Auch die Flasche, aus der der Butler eingeschenkt hatte, war völlig in Ordnung. Alle anderen, die den Magenbitter daraus tranken, hatten gar keine Probleme.«

»Jetzt weiß ich's«, lacht Svenja plötzlich auf. »Die alte Adda hat ihren letzten großen Auftritt als spektakulären Abgang geplant: Sie hatte so 'ne Kapsel in der Backe, die sie am Ende des Dinners zerbiss. Und dann schluckte sie die Flüssigkeit mit dem Magenbitter hinunter. Um ihre Familie ein letztes Mal zu ärgern.«

»Ha, das würde passen!«, lacht der Hauptkommissar.

»Find ich auch«, stimmt Jasper zu. »Das erklärt alles – damit könnten wir den Fall schließen.«

»Und *das* ist der beste Vorschlag des Tages!« Thomsen wiehert und schlägt dem Jüngeren freundschaftlich auf die Schulter.

»Leute.« Sophie schüttelt den Kopf. »Selbstmord und alkoholbedingter Unfall? Klappe zu, Affe tot? Also ich glaub das keine Sekunde. Die Adda war doch eine taffe Frau, die hätte sich informiert über das Gift, das sie schluckt. Und sie hätte nicht ein dermaßen schmerzvolles gewählt...«

In diesem Moment läutet Thomsens Diensthandy.

»Ja? Aha...«

Eine Weile bleibt er ruhig und sein Team lauscht gespannt mit. Dann wechselt er in einen sehr kühlen und professionellen Tonfall. »Danke für die Information. Wir nehmen Ihre Anregung zur Kenntnis.«

»Wer war das?«, fragt Svenja neugierig, weil Thomsen nach Beendigung des Telefonats lediglich den Kopf schüttelt.

»Das war der allseits bekannte Rechtsanwalt Lutz, der mir im Namen von Tamme Boekhoff ausrichtete, wir mögen endlich unsere unnötigen Ermittlungen einstellen, schließlich wäre der Mörder seiner Mutter – nämlich sein Bruder – ohnehin in der Zwischenzeit an einem Unfall verstorben.« Thomsen kratzt sich nun unschlüssig hinter dem Ohr, während die anderen ihn gespannt beobachten. Dazu gedrängt zu werden, es sich leicht zu machen, konnte er noch nie leiden.

»Na schön, Meerkatz«, stöhnt er schließlich und verdreht die Augen. »Wir hören dir zu.«

40

Sophie breitet ihre Unterlagen auf dem Besprechungstisch aus und sieht ihre Kollegen reihum an.

»Ich wurde gestern beauftragt, unsere Verdächtigen einzugrenzen. Darum habe ich die Fotos und Videos, die von den Gästen geschickt wurden, noch einmal durchgesehen – und mit den Angaben unserer Zeugen abgeglichen. Außerdem sagt mir mein Bauchgefühl, dass das Testament eine Rolle spielt. Also wer ist begünstigt? Svenja, schreib doch mal die Namen auf das Flipchart.«

Ihre Kollegin tut wie geheißen und listet alle Kinder und Enkelkinder sowie im Testament bedachte Freunde und Angestellte der Verstorbenen auf.

»Gut«, kommentiert Sophie. »Nun sehen wir uns an, wer von denen Zugang zu Adda Boekhoffs geheimen Hightech-Raum hatte.«

»Von denen auf meiner Liste hat es bloß Bonna zugegeben«, erwidert Svenja.

»Stimmt. Und wer hatte Zugang zu Addas Schlafzimmer und könnte daher auch von dem geheimen Nebenraum gewusst haben?«

»Daya auf jeden Fall, Till, Ebba und Jan möglicherweise.«

»Außerdem die Hausdame, der Butler, der Krayenberg und der Hegel, die haben das auch ausgesagt«, ergänzt Jasper.

»Richtig«, stimmt Sophie zu. »Und nun gleichen wir diese Personen mal mit jenen ab, die bei dem Galaessen in Adda Boekhoffs unmittelbarer Nähe waren. Die Handyfotos vom Dinner zeigen, dass in den letzten zwanzig Minuten vor ihrem Tod lediglich Barnd und Daya Boekhoff, sowie der Butler, der Krayenberg und der Hegel, den sie alle Rollmopsfresser nennen, in ihrer unmittelbaren Nähe waren. Ich denke nicht, dass Barnd Boekhoff der Täter war, und zwar, weil er laut, aufdringlich und vor allem stark alkoholisiert war. Dieser Mord kommt mir viel eher wie die Präzisionsarbeit eines Künstlers vor.«

»Gut. Dann bleiben bloß noch vier«, brummt Thomsen schon ein wenig zufriedener.

»Genau«, bestätigt Sophie, »und deshalb schlage ich vor, dass wir uns auf diese vier Personen konzentrieren. Der Dreh- und Angelpunkt muss dabei sein, wer von denen die Fähigkeit hat, das Gift so zu verabreichen, dass niemand es bemerkte und es keine Spuren hinterließ?«

* * *

Der Hauptkommissar hat angeordnet, die verdächtigen vier Personen genauestens unter die Lupe zu nehmen. Während Jasper sich im Büro um Hintergrundinformationen bemüht, ist Thomsen mit dem restlichen Team in seinem Landrover neuerlich zum Schloss unterwegs.

»Ich denke auch, dass Barnd Boekhoff nicht zufällig die Treppe hinuntergestürzt ist«, sagt Sophie und dreht sich vom Beifahrersitz nach hinten zu ihrer Kollegin um, die im Fonds des Wagens sitzt.

»Verdächtigst du Antje?«, fragt Svenja.

»Eher den Jungen, seinen eigenen Sohn, diesen Till«, brummt Thomsen.

»Genau«, stimmt Sophie zu. »An den hab ich auch gedacht. Denn er und Wiebke waren die einzigen, die sich zu diesem Zeitpunkt in jenem Teil des Schlosses aufgehalten haben. Und sie haben lange für den Weg gebraucht. Sehr lange.«

»Stimmt. Und die Wiebke kam richtig verstört in dem Spielzimmer an«, fällt Svenja nun ein. »So richtig verheult. Was denkst du, ist passiert?«

»Ich könnte mir vorstellen, dass es auf dem Weg zu einem Zwischenfall kam. Wir wissen, dass Barnd sehr aggressiv sein konnte, wenn er betrunken war, und in diesem Zustand könnte er Wiebke angepöbelt haben – vielleicht, weil sie ihm nicht sagen konnte, wo Antje war. Er könnte auch auf seinen eigenen Sohn losgegangen sein, weil der ständig bevorzugt wurde.«

»Du hast recht, das ist alles denkbar«, stimmt Svenja zu.

»Wer von uns hat den besten Draht zu Tamme Boekhoff?«, fragt Sophie plötzlich.

»Ich glaube, das bin ich«, meint Thomsen und lenkt den Landrover geschickt die eisige Auffahrt hinauf. »Die könnten hier echt mal streuen.«

»Vielleicht könntest du mit ihm einen Whiskey trinken, und so locker wie möglich über die Hintergründe unserer Verdächtigen sprechen. Tamme Boekhoff kennt die alle schon eine Ewigkeit, und wir müssen so viel wie möglich über deren Vorleben, Hobbys et cetera erfahren. Vielleicht hatte er auch zu Daya eine Beziehung, als sie noch ein Kind war?«

»Da ist was dran«, gibt Thomsen zu. »Und du nimmst dir die Verdächtigen persönlich vor!«

»Ja«, nickt Sophie. »Und dann legen wir unsere Informationen übereinander.«

»Und ich?«, macht Svenja sich bemerkbar.

»Du kümmerst dich um das mörderische Liebespärchen.« Thomsen lacht laut auf.

»Echt jetzt? Till und Wiebke? Schon wieder? Die beiden nehmen mich doch überhaupt nicht ernst«, jammert Svenja.

»Das ist nun mal der Job«, brummt Thomsen.

»Auch wenn sie mit dir nicht reden, kannst du ihnen trotzdem unseren Verdacht auf den Kopf zusagen«, ergänzt Sophie, »und beobachten, wie sie auf das, was du sagst, reagieren. Das kann manchmal sehr aufschlussreich sein.«

41

Auf dem Weg zu ihrer ersten Verdächtigen, Daya Boekhoff, wird Sophie auf dem Gang neuerlich von Yalene überrascht. Ihr Erscheinungsbild hat sich nicht gebessert. Sie sieht erschreckend krank aus. Die in dunklen Höhlen liegenden Augen fokussieren nicht. Klang ihre Stimme das letzte Mal noch wie ein Singsang, so gleicht sie nun mehr einem hysterischen Flüstern.

»Sie müssen mir helfen! Mein Mann ist ein Monster, er wird uns alle töten. Meine Tochter und mich. Und sie ist noch so klein. So winzig, verstehen Sie, und so wehrlos.«

Sie beginnt nun, fürchterlich zu weinen und zu Sophies Erleichterung eilt bereits eine Krankenschwester heran.

»Frau Boekhoff, ist ja gut. Kommen Sie, es ist alles in Ordnung.«

Yalene lässt sich tatsächlich am Arm ihrer Betreuerin den Gang entlangführen, und nach wenigen Schritten beginnt sie sogar lebhaft zu gestikulieren.

Sophie schüttelt verdutzt den Kopf. Was wohl im Leben dieser Frau passiert ist?

Sie zweifelt stark daran, dass sie das jemals erfahren wird, aber nun muss sie sich ohnehin auf ihre erste Verdächtige konzentrieren. Gespannt klopft sie an Dayas Tür.

* * *

Daya Boekhoff gibt sich heute deutlich freundlicher und kooperativer. Beinahe schon aufgekratzt. Offenbar blüht sie in ihrer Rolle als zukünftige Schlossherrin auf.

»Ich erzähle Ihnen alles, mein Leben ist sowieso ein offenes Buch.«

Stolz präsentiert sie das neueste iPhone und hält Sophie ihre Instagram-Postings unter die Nase.

»Sehen Sie das?« Sie deutet auf stapelweise Wäsche, die in ihrer Suite herumliegt. »Die Produzenten schicken mir kistenweise Mode, und ich promote sie. Ein Kleid, das ich auf dem Balkon dieses Schlosses trage, verkauft sich anschließend wie von selbst.«

»Aha«, sagt Sophie ein wenig einsilbig.

»Und ich tue dabei ein gutes Werk.«

»Ach ja?« Es fällt Sophie schwer, sich das bei dieser Tätigkeit vorzustellen.

»Ja. Definitiv. Sehen Sie mich an. Ich habe Kurven hier und hier«, erklärt sie, während sie sich mit ihren Händen über Brust und Po streicht. »Ich bin kein Magermodel. Das ist wichtig für die Jugend. Die sollen sehen, dass Frauen mit Kurven sexy aussehen.«

»Verstehe.«

»Ich kanns kaum erwarten, dass ich endlich in Omas Räume übersiedeln darf – das werden Knallerfotos.« Daya platzt beinahe vor Stolz, als sie Sophie ihre mittlerweile schon dreihunderttausend Follower präsentiert. »Nie hätte ich gedacht, dass sich diese Mordermittlung so großartig auf meine Instagram-Performance auswirken würde!«

»Ja, Frau Boekhoff. Warum ich eigentlich hier bin...«, versucht Sophie zu ihrem Anliegen überzuleiten.

»Natürlich«, unterbricht Daya liebenswürdig. »Sie haben noch Fragen. Ich werde sie auch alle beantworten. Zuerst möchte ich Sie jedoch um einen klitzekleinen Gefallen bitten.«

42

Thomsen sieht sich neugierig in den von Tamme Boekhoff in Beschlag genommenen Räumen um, die mit hochwertigem Mobiliar für Bürozwecke ausgestattet wurden. Noch deutet nichts darauf hin, dass er diese friedlich für seinen Neffen räumen wird.

Sowohl Boekhoff als auch der neben ihm sitzende Dr. Lutz wirken ein wenig sauertöpfisch.

»Ich habe die Meinung meines Mandanten bereits heute Morgen telefonisch kundgetan«, eröffnet der Anwalt das Gespräch.

»Ja. Nun, leider teilen wir sie nicht. Aber wir haben Sie, Herr Boekhoff, von der Verdächtigenliste gestrichen – wie auch Ihre Gattin und Ihre Tochter.«

»Das ändert nichts daran, dass Sie hier unsere Zeit verschwenden«, entgegnet Lutz weiterhin feindlich.

»Doch, das ändert alles«, widerspricht Thomsen. »Denn, die Personen, die wir im Verdacht haben, halten sich nach wie vor hier im Schloss auf. Drei davon gehören nicht mal zur Familie. Wenn der Mörder unerkannt bleibt, kann er sein Werk wiederholen. Wollen Sie einem Fremden das wirklich ermöglichen?«

Tammes Gesichtszüge verändern sich dramatisch. Er setzt sich interessiert auf und wirft seinem Anwalt einen schnellen Blick zu.

»Was wollen Sie wissen?«

Thomsen packt sein Diktafon aus und stellt es demonstrativ auf den Tisch. »Fürs Erste erzählen Sie mir alles, was Sie über Gard Bleeker, Heinz Hegel und Ulf Krayenberg wissen.«

* * *

Svenja hat für ihre Befragung den Blauen Salon gewählt. Wiebke und Till Boekhoff erscheinen – wie erwartet – mit demselben Anwalt wie beim letzten Mal.

»Wird das nun zur Dauerbelästigung?«, motzt Till bereits, als er zur Tür hereinkommt.

Wiebke sagt gar nichts und Dr. Landstein nimmt nach einer steifen Begrüßung zwischen den beiden Platz.

»Meine Mandanten werden nicht aussagen.«

»Sie wissen ja noch nicht einmal, was ich fragen möchte.«

»Das spielt keine Rolle.«

»In Ordnung.« Svenja schluckt und strafft ihre Schultern. »Ich werde meine Fragen trotzdem stellen.«

Sie sieht Till Boekhoff geradewegs in die Augen.

»Haben Sie Ihren Vater gesehen, als Sie den Keller querten, um zu dem geheimen Spielzimmer zu gelangen?«

»Ich darf im Namen meiner beider Mandanten aussagen, dass sie niemanden auf diesem Weg getroffen haben«, mischt sich der Anwalt neuerlich ins Gespräch.

»Sehen Sie, genau das glaube ich Ihren Mandanten nicht«, widerspricht Svenja. »Ich bin überzeugt davon, die beiden haben einander getroffen und einander auch geholfen. Gegen einen betrunkenen und aggressiven Verwandten, der seine verletzte Freundin jagte.«

Sie nimmt nun Wiebke ganz genau unter die Lupe.

»Hat er Sie bedroht? Sie angefasst? Sie angepöbelt?«

Svenja beobachtet, wie das Mädchen schluckt und gegen die Tränen ankämpft. Verbissen presst Wiebke ihre Lippen aufeinander.

»Hören Sie auf«, verlangt Till. »Sehen Sie nicht, dass allein der Gedanke ihr schrecklich zusetzt?«

»Sicher sehe ich das. Die Wahrheit hat nun mal eine enorme Kraft. Und manchmal mag sie es nicht, wenn wir sie in unserem Kopf einsperren. Diese Kellertür, die zu einem Raum führt, der nie benutzt wurde, stand nicht zufällig offen, nicht wahr? Wer hat sie aufgemacht? Sie, Wiebke? In weiser Voraussicht? Und hören Sie immer noch den Schrei, den ihr Onkel ausstieß, als er die Treppe hinunterstürzte?«

Wie zur Bestätigung bricht Wiebke in Tränen aus und presst die Handflächen an ihre Ohren.

Till springt auf.

Auch der Anwalt greift nun ein.

»Wir brechen das Gespräch ab. Meine Mandantin fühlt sich nicht wohl.«

»Das tun Sie nicht«, beharrt Svenja. »Wir haben das Recht Vernehmungen durchzuführen.«

»Ja, aber nicht, wann und wo Sie wollen. Und auf den Gesundheitszustand Ihrer Zeugen müssen Sie auch Rücksicht nehmen. Ich darf Sie also bitten, jetzt zu gehen. Lassen Sie uns einen neuen Termin für die Vernehmung zukommen.«

Nachdem Svenja nicht reagiert, setzt der Anwalt noch nach. »Oder nehmen Sie meine Mandanten an Ort und Stelle fest?«

»Nein«, knurrt Svenja und erhebt sich. Sie hat schließlich keinen einzigen Beweis. Kein Video, keine Aussage, einfach gar nichts. Nicht einmal der Gerichtsmediziner kann bestätigen, dass das Opfer geschubst worden ist. Alles, was ihr bleibt, ist Wiebkes Mienenspiel.

Während sie sich verabschiedet, muss sie daran denken, was Sophie gesagt hat. Es kann manchmal sehr aufschlussreich sein, wenn man beobachtet, wie Menschen auf das, was man ihnen erzählt, reagieren.

43

Sophie bereut bereits zwei Sekunden später, dass sie Dayas Bitte und wohl auch ihrer eigenen Eitelkeit nachgegeben hat, als sie sich dazu überreden ließ, für ein Instagram-Foto in Dayas Suite zu posieren. Die junge Schlosserbin hat sie eingewickelt, mit ihrem Gelaber über Vorbildwirkung für die jüngere Generation und Zusammenarbeit mit der Polizei. Überhaupt muss sich Sophie eingestehen, dass sie Daya völlig unterschätzt hat. Diese junge Frau kann unglaublich einnehmend sein, wenn sie die affektierte Langeweile ablegt.

Als Sophie auf den mit Gemälden und Lichtern geschmückten Gängen zu ihrem nächsten Verdächtigen durch das Schloss eilt, wird ihr bewusst, dass sie aus diesem Gespräch zwei Erkenntnisse gewonnen hat. Erstens weiß sie nun, wie Influencer ihr Geld verdienen und auch wie viel. Und zweitens versteht sie nun ein klein wenig, warum Daya das Lieblingsenkelkind ihrer Großmutter war.

* * *

Nachdem Tamme Boekhoff einmal angefangen hat, über die beiden alten Freunde seiner Mutter herzuziehen, findet er offenbar Gefallen daran. Speziell über den Hegel, den alten Rollmopsfresser, weiß er viel zu erzählen. Der Anwalt hat nicht nur eine Leidenschaft für eingelegte Heringe, sondern auch für alles, was blüht. Ein wenig abfällig berichtet Boekhoff von dem kleinen Hobbygarten seiner Mutter, in dem sie oft gemeinsam zu Werke waren.

Thomsen wird nun hellhörig.

»Hobbygarten? Welcher Hobbygarten?«

»Nun, Mutter hatte ihr eigenes kleines grünes Reich. Von ihrer Suite führt über die Terrasse eine Treppe in einen Teil des Gartens. Ihr privater kleiner Garten, umgeben von einer Mauer.«

»Und was pflanzte sie dort an?«

»Das dürfen Sie mich nicht fragen.« Tamme sieht nun aus dem Fenster – mit einem Gesichtsausdruck, als ob ihn das alles nichts anginge.

»Ich werde Sie im Anschluss an unser Gespräch bitten, mir diesen Garten zu zeigen. Erzählen Sie mir jetzt bitte etwas über den Charakter von Herrn Hegel«, ersucht Thomsen.

Tamme Boekhoff entspannt sich wieder und lehnt sich lächelnd zurück.

»Der Heinz ist ein richtiges Schlitzohr. Wahrscheinlich hat Mutter ihn deshalb so gemocht. Wenn es eine Rechtslücke zu finden gab, fand er sie. Er beugte die einzelnen Bestimmungen nicht bloß, nein, er drehte und würgte sie so lange, bis sie das ermöglichten, was meine Mutter sich in den Kopf gesetzt hatte.«

Erst drei Whiskeys später gelingt es Thomsen, das Gespräch auf den Leibarzt von Adda Boekhoff zu lenken.

»Der alte Krayenberg, das ist ein Schwerenöter. Immer gewesen. Jedem Rock hinterher. Auch jetzt noch, wenn auch mehr aus purer Gewohnheit.« Er lacht laut heraus.

»Denn irgendwann ist die Natur fertig. Das musste auch der Krayenberg lernen.«

»Hatte er ein Verhältnis mit Ihrer Mutter?«

»Was? Nein, das kann ich mir nicht vorstellen. Sie hat ihre Geliebten nicht besonders gut behandelt. Zu ihren Freunden war sie netter.«

»Und zu ihrem Personal? Wie ging sie denn mit ihrem Butler um?«

»Nun, normal, würde ich sagen. Sie sagte, Gard dieses und Gard jenes, und er tat, was sie wollte. Da wäre mir jetzt nichts aufgefallen. Die waren eingespielt, er ist schon in jungen Jahren hier aufs Schloss gekommen, hat hier als Küchenhilfe angefangen.«

Tammes Mundwinkel verziehen sich zu einem verräterischen Grinsen.

»Sie hatten Spaß zusammen?«

»Woher wissen Sie das?«

»Ihr Lächeln hat mir das verraten. Ich vermute, Sie waren auch einmal jung. Kann mir vorstellen, dass Sie sich gut verstanden haben.«

Tamme grinst nun unverkennbar. »Ja, das stimmt. Gard hatte Sinn für Humor, er unterhielt alle mit seinen Witzen oder Parodien. Auch Kartentricks. Oh Mann, die hatte er echt gut drauf.«

»Auch andere Tricks?«, hakt Thomsen nach.

»Ja, 'ne Münze hinterm Ohr vorholen, so was in der Art eben. Damit konnte er alle unterhalten. Ist 'ne Ewigkeit her.«

»Wie intensiv war die Beziehung zwischen Ihrer Mutter und ihm?«

»Sehr eng. Ich meine, sie waren tagtäglich zusammen.«

»Auch sexuell?«

»Nee, das nicht«, lacht Boekhoff auf. »Da hätte die Hilke wohl etwas dagegen gehabt.«

»Ja? Warum?«

»Na, die sind doch schon seit Ewigkeiten zusammen, der Gard und die Hilke. Wissen Sie das nicht?«

»Das hat bisher noch niemand erwähnt.«

»Wahrscheinlich, weil das für alle seit Jahren selbstverständlich ist.«

»Ihre Mutter hat das nie gestört?«

»Natürlich nicht. Sie hat doch ihren Butler nicht dem Zölibat unterworfen.«

»Alles klar. Wem von den Dreien würden Sie es am ehesten zutrauen, Ihre Mutter vergiftet zu haben? Dem Bleeker, dem Hegel oder dem Krayenberg?«

»Keinem. Ehrlich. Die waren ihr alle drei treu ergeben.«

»Dann lassen Sie uns über Daya sprechen«, schlägt Thomsen vor und registriert, wie sich Boekhoffs Miene sofort verfinstert.

»Nichts lieber als das. Unsere neue Schlossherrin kriegt kein einziges Studium auf die Reihe. Sie verdient ihre Brötchen lieber damit, sich halb nackt auf unserem Anwesen und in sündteuren Hotels zu präsentieren. Da, sehen Sie!«

Tamme öffnet auf seinem Handy die Instagram-App und bricht völlig unerwartet in lautes Gelächter aus.

Er dreht sein Smartphone so, dass Thomsen einen Blick auf das Display werfen kann. Umrahmt von zwei antiken Vasen, lächelt ihm anstelle der erwarteten Schlossherrin das Antlitz der Meerkatz entgegen.

Die taffe Kommissarin klärt den Mord an meiner Oma auf, ist darunter zu lesen, gefolgt von drei Daumen-hoch-Icons.

»Oh, Mann«, stöhnt Thomsen und schielt sehnsüchtig zu der Karaffe mit dem Whiskey hinüber.

44

Sophie ist gerade dabei Rechtsanwalt Hegel eingehend zu befragen, als Thomsen hinzustößt, um sich über den privaten Garten von Adda Boekhoff Klarheit zu verschaffen.

»Ein privater Garten?« Sophie sieht den alten Mann, der so penetrant nach Fisch riecht, vorwurfsvoll an. »Ich befrage Sie bereits seit einer halben Stunde, und Sie haben es nicht für nötig befunden, auch nur ein Wort darüber zu verlieren?«

Hegel verschränkt sofort die Arme vor der Brust.

»Das ist doch bloß ein kleiner Hobbygarten. Adda hat das Freude gemacht.«

»Und Ihnen offenbar auch.«

»Früher schon«, gibt er nun zu. »Wir haben mit Begeisterung alles Mögliche ausprobiert, aber in den letzten Jahren bin ich bloß noch Zuseher.« Er zeigt seine verknöcherten Hände. »Mich hat die Gicht im Griff. Leider.«

»Diesen kleinen Hobbygarten sehen wir uns jetzt gemeinsam an.« Thomsen öffnet die Tür und macht eine einladende Geste in Hegels Richtung. »Nach Ihnen, bitte.«

Der Garten, der über eine Treppe von Adda Boekhoffs privater Terrasse erreichbar ist, ist tatsächlich sehr klein, kleiner als ihre Suite jedenfalls. Dafür aber völlig uneinsehbar. Eine hohe, mit Pflanzen berankte Mauer sorgt dafür, dass man hier völlig ungestört ist.

Neben einigen bequemen Sitzgelegenheiten gibt es auch eine Gartenhütte.

»Wer hat aller Zugang zu diesem Garten?«, will Thomsen wissen.

»Das kann ich Ihnen nicht beantworten. Sehen Sie, das hier ist keine Partylocation. Adda hat hier die ungeteilte Zweisamkeit mit ausgewählten Freunden genossen. Wer außer mir noch das Privileg hatte, sich mit ihr hier aufhalten zu dürfen, weiß ich nicht.«

Sophies Augen suchen bereits Meter für Meter nach blauen Blüten ab.

Thomsen setzt indessen lieber auf die Hilfe des betagten Anwalts. »Sie können uns den Blauen Eisenhut, falls es ihn hier gibt, genauso gut gleich zeigen. Ich habe bereits jemanden vom botanischen Institut angefordert.«

Hegel zuckt mit den Schultern. »Da ist doch nichts dabei. Die Adda hatte nun mal einen Spleen für ausgefallene Pflanzen.« Er führt sie in eine Ecke des Gartens und zeigt auf verwelkte braune Stängel. »Hier bitte, das ist er.«

Sophie vergleicht den traurigen Anblick skeptisch mit den Bildern auf ihrem Smartphone, wo beeindruckende tiefblauen Blüten zu sehen sind.

Hegel, der ihr zusieht, schüttelt belehrend den Kopf.

»Es ist Dezember. Da blüht er nicht mehr.«

Während Sophie gegen das aufsteigende Brennen in ihren Wangen ankämpft, stellt Hegel eine weitere Pflanze vor. »Hier haben wir die Tollkirsche. Wie ich schon sagte, Adda hat es nun mal geliebt, von exotischen Pflanzen umgeben zu sein. Es ist ja nicht verboten.«

»Das mag sein«, erwidert Thomsen. »Der Einsatz

dieser Gifte zum Nachteil anderer hingegen schon. Ich muss Sie bitten, für eine umfassende Aussage freiwillig mit uns auf die Polizeiinspektion zu kommen. Andernfalls muss ich Sie festnehmen.«

* * *

Sophie tritt auf die Terrasse im ersten Stock, von der man die beste Sicht auf den Eingangsbereich hat. Er ist immer noch traumhaft geschmückt und der farbenfrohe Springbrunnen in der Mitte des Platzes ist einfach nur eine Augenweide.

Thomsen und Svenja sind bereits mit Rechtsanwalt Hegel zurück nach Husum gefahren, während sie hier auf Evando wartet, der versprochen hat, sie abzuholen. Ihr Chef war zuletzt ein wenig pampig ihr gegenüber. Ob es daran liegt, dass ihr Konterfei auf Dayas Instagram-Account zu bewundern ist? Andererseits hat der Rüde mit den Neuen Medien nichts am Hut, woher sollte er es also wissen? Immerhin hat er daran gedacht, ihr das Diktiergerät, mit dem er sein Gespräch mit Tamme Boekhoff aufgezeichnet hat, zu überlassen. So hat sie heute Abend Gelegenheit, dieses in aller Ruhe abzuhören.

Als sie Evando aus seinem Mercedes steigen und auf das Eingangstor zukommen sieht, verlässt sie den Balkon, packt ihre Sachen im Blauen Salon zusammen und eilt in die Eingangshalle hinunter.

Doch dort ist er nicht und so huscht sie zur Tür hinaus, wo sie die eisige Kälte empfängt. Als sie bei seinem Auto anlangt, merkt sie, dass es leer ist.

Mist. Sie fingert ihr Handy aus der Tasche und tippt mit klammen Fingern eine kurze Nachricht.

Dann pustet sie in ihre Hände, um sie zu wärmen. Mehr als alles andere freut sie sich auf ein warmes gemeinsames Schaumbad. Wenn er nur endlich kommen würde.

Die letzten Stunden waren enorm anstrengend, denn die Befragungen der drei alten Herren gestaltete sich weit schwieriger, als sie erwartet hatte.

Gard Bleeker, der Butler, war noch am freundlichsten zu ihr gewesen, wenngleich sie das ganze Gespräch über das Gefühl hatte, nicht wirklich willkommen zu sein – in seiner kleinen Einliegerwohnung im Ostflügel, wo Sophie ihm Fragen über Fragen stellte. Nun ja, aus seiner Sicht hatte sie ihn vermutlich beim Fernsehen gestört.

Nach über einer Stunde höflicher, aber nichtssagender Antworten, die mehrmals durch Beteuerungen unterbrochen wurden, wie sehr er um seine Chefin trauere, brachte er sie hinkend zur Tür. Auf Nachfrage erzählte er, sein Bein schmerze beim Auftreten, schon seit zwei Jahren, er bekomme regelmäßig Schmerzmittel, aber keine Linderung.

Die anderen beiden waren beinahe offen feindselig. Dr. Krayenberg auch noch auf eine seltsam körperliche Art. Er umfasste ihre Hand, als er ihr erklärte, bereits alles gesagt zu haben.

Das fühlte sich nicht gut an, und sie wünschte sich inbrünstig, etwas zu finden, womit sie ihn unter Druck setzen konnte, doch sie fand nichts. Bis ihr Blick auf das Bücherregal fiel. Zwischen dicken medizinischen Wälzern standen dort etliche gut bebilderte Bände über Gifte. Tierische ebenso wie pflanzliche. Doch auch dafür hatte der alte Grapscher eine Ausrede parat. Das alles würde schließlich bloß seinem Beruf dienen.

Sie seufzt und reibt sich die Hände warm. Ob er wirklich der Täter ist? Doch was ist sein Motiv? Sophie will beim besten Willen keines einfallen.

Bleibt der Hegel, der sie zum Standort des Blauen Eisenhuts führte. Doch auch bei ihm springt ihr der Grund für den brutalen Mord nicht ins Auge. Aus welchem Grund könnte er Adda gehasst haben?

Die Kälte lässt sie nun zittern und sie beschließt, Evando am Handy anzurufen. Vielleicht hat er ihre Nachricht nicht bekommen.

Sie ist erleichtert, als er sofort abhebt.

»Liebling! Wo steckst du?«

»Im Schloss. Und du?« Seine Stimme hat denselben warmen Klang wie immer.

»Bei deinem Auto. Ich hab dir getextet.«

»Ach echt? Sorry, das hab ich übersehen. Ich bin schon auf dem Weg zu dir.«

Als er wenige Minuten später sieht, in welch erbärmlichen Zustand Sophie angesichts der Kälte bereits ist, umarmt er sie ganz fest.

»Du Arme. Ich lass uns gleich ein schönes warmes Bad ein.«

45

Die Sitzheizung des Beifahrersitzes hat während der Fahrt schon ein wenig vorgearbeitet und das warme Wasser in der Wanne, verbunden mit Evandos Gesellschaft, lässt Sophies Laune rasch wieder steigen.

Sie bläst ihm neckisch eine Portion Schaum ins Gesicht.

»Wo warst du eigentlich so lang?«

»Wann?«

»Vorhin, im Schloss, als ich bei deinem Auto gewartet habe.«

»Ich wurde abgefangen.«

»Abgefangen?«

»Ja. In der Eingangshalle tauchte eine hübsche Blondine auf, stellte sich als neue Schlossherrin vor und bot mir an, mich zu dir in den Blauen Salon zu führen.«

»Oh du meine Güte! Du bist Daya in die Hände gefallen.«

»Daya, ja genau. Das sagte sie. Und plötzlich standen wir dann in einer riesigen Suite, die sehr privat aussah und sie reichte mir ein Glas Champagner und fragte mich über meinen Beruf aus. Ich wollte natürlich nicht unhöflich sein.«

»Natürlich.« Sophie grinst.

»Und als sie erfuhr, dass ich Gerichtsmediziner bin, da war sie so begeistert und bestand darauf, mir ihren

Instagram-Account zu zeigen. Sie wollte mich erst wieder gehen lassen, wenn . . .«

». . . du einem Schnappschuss zustimmst.«

»Ja.« Evando schüttet sich aus vor Lachen. »Woher weißt du . . .«

Sophie lacht nun ebenfalls. »In diese Falle tappt man leicht.«

Das gemeinsame erotische Bad findet ein abruptes Ende, als Otello den Wunsch verspürt, sich in die weichen weißen Wolken dazukuscheln zu wollen und einen überraschenden Sprung in die Mitte der Wanne wagt.

In dem Moment, als er checkt, dass er im Wasser steht, setzt auch schon sein Fluchtreflex ein. Mit solcher Wucht, dass Sophie Spuren seiner Krallen quer über die Brust davon trägt.

Sie schreit auf und gleichzeitig schwappt das Wasser im Schwall heraus, sodass Evando, der gerade die Sektflöten am Wannenrand auffüllt, vor Schreck die Flasche fallen lässt.

Erst im Bett können sie über all das lachen.

»Dieser Kater ist unglaublich«, prustet Evando, »rein und raus in unter einer Sekunde.«

»Und das Chaos war perfekt.«

Sophie schmunzelt, während sie den kleinen Übeltäter hinter den Ohren krault.

»Wollen wir was zum Essen bestellen?«, fragt Evando.

»Ja, etwas mit Krabben. Am besten vom *Küstenkutter*. Der hat ganz tolle Soßen dazu. Und danach musst du mir beim Denken helfen.«

»Ach? Ich dachte, danach . . .«

»Nee.« Sophie küsst ihn leidenschaftlich. »Das machen

wir jetzt gleich. Der *Küstenkutter* hat sowieso immer sehr lange Lieferzeiten.«

»Okay, worüber denken wir nun nach?«, fragt Evando, nach dem alle Krabben verschlungen worden sind.

»Über das hier.«

Sophie stellt Thomsens Diktafon auf den Tisch. »Der Rüde hat sich mit Tamme Boekhoff über unsere Verdächtigen unterhalten. Vielleicht hilft uns das und eine gute Portion Logik herauszufinden, wer's war?«

»Also ein Rätsel?«

»Ja.« Sophie holt ein großes Blatt Papier und einen Stift, schreibt die Namen der Verdächtigen darauf und zieht Striche für ein Raster. »Was für jemanden als Täter spricht und was dagegen. Verstehst du?«

»Moment«, entgegnet Evando. »Heißt das, du hältst den Hegel nicht für den Täter – obwohl der wusste, wo der Blaue Eisenhut wächst?«

Sophie wiegt ihren Kopf hin und her. »Lass es mich mal so sagen – ich habe meine Zweifel.«

Evando nickt nun und Sophie startet Thomsens Aufnahme.

Über eine Stunde lang hören sie dem Gespräch zu, das heute Nachmittag in Tamme Boekhoffs Büro stattgefunden hat.

Anschließend grinst Evando über das ganze Gesicht, greift nach dem Stift und streicht den ersten Namen auf der Liste aus.

Sophie nickt zustimmend.

Da waren's nur noch drei.

Einmal wird eine Welle kommen,
die alle Lügen fortreißt

DONNERSTAG

46

Als Sophie frühmorgens den Großraum betritt, platzt sie in eine Diskussion, die sich eindeutig um Thomsens Verlobungsfeier dreht.

»Maike hätte ganz sicher eine Freude mit einem Wellnesswochenende«, beteuert Svenja.

»Aber der Rüde nicht«, beharrt Jasper. »Und wir wollen ihnen doch etwas schenken, das beiden gefällt.«

»Hast du einen besseren Vorschlag?«

»Nö. Aber trotzdem darf ich deinen ablehnen, oder?«

»Wie man Wellness nicht mögen kann, ist mir echt ein Rätsel«, meint Sophie. »So ein Dampfbad mit Massage hinterher ist doch himmlisch.«

»Oh ja«. Svenja sieht ganz verträumt drein.

»Eine Weinverkostung, wie wär das?«, schlägt Jasper vor. Doch bevor Svenja antworten kann, ertönt das elektronische Möwengeschrei, mit dem Sophies Diensthandy einen eingehenden Anruf meldet.

Das Display zeigt eine ihr unbekannte Nummer.

»Oberkommissarin Meerkatz. Ja … aha … oh … wo? Danke für die Information.«

Sophie legt auf und runzelt ihre Brauen.

»Wer war das eben?«, fragt Svenja.

»Bonna Boekhoff. Sie sagte, Tammes Frau Yalene hätte versucht, sich umzubringen. Sie wäre aber rechtzeitig gefunden worden und wird nun in der Klinik behandelt.«

»Schlimm. Aber dass sie dich anruft, hatte ich nicht erwartet«, meint Jasper.

»Das liegt offenbar daran, dass sie keine Gelegenheit auslassen kann, ihren Bruder schlecht zu machen. Sie behauptete, Tamme hätte seine Frau in den Selbstmord getrieben.«

»Was höre ich da von Selbstmord so früh am Morgen?« Thomsen kommt herein, in einer Winterjacke, die ihn doppelt so umfangreich erscheinen lässt.

»Moin Chef, erst mal 'n Käffchen?«, begrüßt ihn Svenja freundlich.

»Nun, ich werde Tamme Boekhoff anrufen«, erklärt er sich bereit, nachdem die neuesten Nachrichten besprochen worden sind.

»Wie wär's, wenn wir nachmittags alle gemeinsam aufs Schloss fahren?«, schlägt Sophie vor.

»Ja? Wozu?«

»Um den Mörder von Adda Boekhoff zu überführen.«

»Spannend.« Thomsen sieht sie belustigt an. »Denn mein Letztstand ist, dass ich gestern den alten Hegel wieder gehen lassen musste, weil wir leider nicht den geringsten Beweis gegen ihn haben. Hattest du eine Eingebung im Schlaf?«

»Nun, nicht gerade im Schlaf, mehr durch harte Analysearbeit davor.«

»Du weißt schon, wer's war?« Svenja bekommt große Augen.

»Wissen . . .« Sophie wiegt ihren Kopf hin und her. »Sagen wir, ich habe einen konkreten Verdacht.«

Sophie schiebt nun das Papier über den Tisch, das sie gestern mit Evandos Hilfe ausgearbeitet hat. Ein Name ist rot eingekreist.

»Ach, du meine Güte«, entfährt es Svenja.

»Und Beweise?«, hakt Thomsen nach. »Weil die wären mir noch nicht bekannt.«

»Nö.« Sophie schüttelt entschieden den Kopf. »Gar keine Beweise.«

»Tja.« Thomsen verschränkt die Arme vor der Brust und zieht die Brauen zusammen.

»Das wird dann wohl eher schwierig mit der Festnahme«, meint nun auch Jasper, »so ganz ohne Beweise . . .«

»Wir bräuchten bloß ein Geständnis«, beharrt Sophie.

»Ha«, blafft Thomsen zynisch. »Dass ich daran nicht gleich gedacht habe.«

Svenja reagiert offener. »Und wie willst du das anstellen? Ich denke, jemand, der so einen Aufwand getrieben hat, damit wir nicht einen einzigen Beweis gegen ihn haben, wird nicht plötzlich *ja, okay, ich war's* sagen.«

Sophie grinst nun von einem Ohr bis zum anderen. »Da gebe ich dir recht, aber unser Chef hat glücklicherweise eine schauspielerische Ader, gewissermaßen eine Fähigkeit, Menschen in eine bestimmte Richtung zu lenken. Richtig?«

»Das ist wahr«, springt Jasper ihr sofort bei. »Niemand kann mit Journalisten so gut umgehen wie du, Rüde.«

»Na ja, da könnte schon was dran sein«, fühlt sich Thomsen gebauchpinselt und sieht nun Sophie ein wenig interessierter an.

»Woran hast du denn gedacht?«

»An Poirot.«

»Poirot?«, wiederholt Thomsen verblüfft.

»Ja. Du machst es wie Inspektor Hercule Poirot in seinen besten Zeiten. Du spielst sie gegeneinander aus!«

47

Dem Hauptkommissar ist es tatsächlich gelungen, die gesamte Familie in jenem Prunksaal zu versammeln, in dem Adda Boekhoff bei ihrer Geburtstagsfeier vergiftet wurde. Thomsen hat auf die Neugier aller Beteiligter gesetzt – schließlich müssen unter den zwölf Personen logischerweise elf sein, die wissen wollen, was passiert ist – und darauf, dass sich niemand verdächtig machen will, indem er einer polizeilichen Einladung fernbleibt. Zudem wurde allen Beteiligten zugestanden, ihre Anwälte mitzubringen.

Pünktlich um vierzehn Uhr sind alle, bis auf Yalene, in besagtem Speisesaal anwesend. Thomsen räuspert sich und ergreift das Wort.

»Ich begrüße alle Mitglieder der Familie Boekhoff und ihre engsten Angestellten und bedanke mich, dass Sie alle hier erschienen sind, um bei der Wahrheitsfindung mitzuhelfen.«

Ein Raunen geht durch den Saal, die Anwälte flüstern aufgeregt mit ihren Mandanten.

Dr. Lutz reagiert am schnellsten.

»Das war so nicht vereinbart. Einer Aussage in diesem Rahmen kann ich namens meines Mandanten nicht zustimmen.«

Thomsen lächelt freundlich. »Das ist völlig in Ordnung. Ihr Mandant muss gar nichts sagen. Ich gehe allerdings davon aus, dass er ein berechtigtes Interesse daran hat, zu erfahren, wer für den heimtückischen Giftmord an seiner Mutter verantwortlich ist.«

»Das stimmt allerdings«, tönt nun Tamme Boekhoffs tiefer Bass durch den Raum.

»In diesem Fall nehmen Sie bitte da Platz, wo Sie bei dem Dinner gesessen haben.«

»In Ordnung.« Tamme erhebt sich schwerfällig und manövriert seine Leibesfülle an exakt jenen Platz.

»Das ist ja wieder typisch«, beschwert sich Bonna lautstark. »Der fiese Fettsack ist wieder mal fein raus, und ich, obwohl ich tatsächlich unschuldig bin, werde hier wie eine Verbrecherin behandelt!«

»Aber keineswegs, meine Teure.« Thomsen sieht ihr tief in die Augen. »Wir halten Sie ebenfalls für unschuldig, und möchten das mit Ihrer Hilfe gerne beweisen.«

»Ach? Wirklich?« Irritiert blickt sie sich zu ihrem Anwalt um, doch der nickt bloß. »Nun denn, soll ich ebenfalls meinen Platz einnehmen?«

»Ja bitte, das wäre sehr hilfreich.«

Nachdem die beiden ältesten und dominantesten Familienmitglieder nun mitspielen, bleibt auch den anderen nichts anderes übrig, als gute Miene zum bösen Spiel zu machen.

Als ein paar Minuten später alle dort sitzen, wo sie sollen, wendet sich Thomsen nochmals an Tamme Boekhoff. »Ich habe gehört, dass Ihre Frau wegen gesundheitlicher Probleme in der Klinik behandelt wird. Wäre es in Ordnung, wenn Kommissarin Tades für die Simulation neben Ihnen Platz nimmt?«

Tamme wirft einen Blick auf Svenjas jugendlich frisches Gesicht und seine Gesichtszüge hellen sich auf.

»Selbstverständlich.«

»Kindchen, vergessen Sie dabei nicht, den Kopf zu

verdrehen und den Sabber herausrinnen zu lassen«, ätzt Bonna mit lauter Stimme.

Tammes Kopf schwillt wieder einmal rot an.

»Du miese Giftspritze, reicht es dir immer noch nicht? Yalene wäre heute Nacht beinahe gestorben.«

»Und wessen Schuld ist das?«, gibt seine Schwester feixend zurück. »Wenn ich das Bett mit dir teilen müsste, würde ich mich auch umbringen!«

»Du Hexe!«, schreit Wiebke plötzlich und ihre Stimme überschlägt sich, während sie auf ihre Tante zustürmt und versucht, ihre künstlichen Nägel in deren Gesicht zu krallen.

Der nun ausbrechende Tumult dauert eine Weile und erst als sich alle wieder beruhigt haben, teilt Thomsen mit, dass Oberkommissarin Meerkatz in die Rolle des Opfers schlüpfen wird und Kommissar Hinrichs in die von Barnd Boekhoff.

»Ich bin hier bloß der Erzähler«, spricht Thomsen weiter, nachdem Sophie nun zwischen Heinz Hegel und Ulf Krayenberg Platz genommen hat, und bittet die Anwälte nun, sich am Rand des Saals aufzuhalten, und zwar am besten so, dass sie Blickkontakt mit ihren Mandaten halten können, um keine Nervosität aufkommen zu lassen.

»Außerdem begrüße ich heute hier Frau Hilke Brunken, die an jenem Abend nicht im Raum war, weil sie sich um die Organisation der Übernachtungen etlicher Gäste im Schloss kümmern musste. Wir möchten gerne, dass sie als langjährige Bedienstete der Familie an der Klärung der Vorfälle teilnehmen kann – ebenso wie Herr Heiko Berg, der als Sicherheitsverantwortlicher aufgrund einer Mordwarnung die Sicherheit im Eingangsbereich erhöhte, anstatt hier im Raum.«

Wieder geht ein Raunen durch den Raum.

»Stopp, stopp, keine Vorwürfe, bitte«, fordert Thomsen gestenreich. »Der Täter ging mit einer derartigen Meisterlichkeit vor, dass die Anwesenheit von Herrn Berg vermutlich nichts an seinem Plan geändert hätte.«

Thomsen blickt zu Hilke Brunken und Heiko Berg hinüber, die wie Zuschauer ihre Plätze auf Stühlen an der Wand eingenommen haben.

»Wir wissen von der Zeugenaussage einer Angestellten, Frau Katja Huss, dass Barnd Boekhoff zu Antje Giebel sagte, *das hier würde schon morgen ihm gehören*. Wir gehen nun davon aus, dass der Mörder diese Bemerkungen ebenfalls mitgehört hat und deshalb selbst eine Warnung aus dem Schloss herausschmuggelte, ohne zurückverfolgt werden zu können. Warum, werden Sie sich nun fragen, warum sollte er die Polizei schon vor seiner Tat hierherlocken? Nun, ganz einfach: Er wusste, dass bei den nachfolgenden Ermittlungen der Verdacht sofort auf Barnd fallen würde, weil Katja Huss über das mitgehörte Gespräch aussagen würde. Außerdem würde diese Warnung Heiko Berg ablenken. Der Sicherheitschef würde wohl einiges zu organisieren haben, und sich dabei eher um den Zugang zum Schloss kümmern als um die geladenen Gäste. Dabei würde er Adda Boekhoff notgedrungen aus den Augen lassen müssen.«

Wieder geht ein Raunen durch den Saal. Thomsen hebt eine Hand, um für Ruhe zu sorgen.

»Vermutlich ist bereits jedem bekannt, dass Adda Boekhoff das Schloss von unzähligen Kameras überwachen ließ. Leider wurden die relevanten Aufnahmen zeitnah gelöscht und konnten auch nicht mehr hergestellt werden, weil der Speicherplatz von etlichen weiteren Videos überschrieben wurde. Wir fanden jedoch mithilfe zahlreicher Einvernahmen sowie

Fotos und Videos von Gästen und Familie Folgendes heraus: Um 21:47 trat Barnd Boekhoff, deutlich schwankend, an den Tisch seiner Mutter und redete gut sieben Minuten lang auf sie ein.« Thomsen nickt Jasper zu, der nun wie angekündigt in Barnds Rolle schlüpft. »Während dieser sieben Minuten geschah Folgendes: Irmgard Svensen servierte das Dessert und Theo Alsters reichte das Tablett mit den Champagnerschalen herum. Wie Sie sehen, haben wir diese beiden Personen ebenfalls eingeladen.«

Thomsen nickt den beiden zu. »Wenn Sie das jetzt bitte tun würden.«

Die zierliche blond gelockte Irmgard Svensen nimmt nun ein riesiges rundes Tablett mit unzähligen kleinen Schüsselchen darauf und beginnt selbige auszuteilen, ihr Kollege, Theo Alsters, macht das Gleiche mit einem Tablett voller Champagnerschalen.

»Kurz danach servierte der Butler, Gard Bleeker, Adda Boekhoff einen Magenbitter, weil sie den immer unmittelbar nach dem Dessert zu trinken wünscht. Ebenfalls einen solchen Magenbitter aus alter Gewohnheit wünschten sich auch die Herren Hegel und Krayenberg, die das Geburtstagskind flankierten.« Thomsen wendet sich nun an den Butler. »Wenn Sie so freundlich wären, nun ebenfalls Ihre Tätigkeit zu wiederholen, Herr Bleeker.«

Gard Bleeker steht auf, nimmt die zierliche kleine Flasche vom Sideboard und gießt formvollendet mit einem Arm am Rücken Sophie alias Adda Boekhoff ein Gläschen ein. Anschließend wiederholt er den Vorgang bei ihren beiden Sitznachbarn.

»Warum haben keine weiteren Gäste einen Magenbitter erhalten?«, fragt Thomsen.

»Ich war Adda Boekhoffs persönlicher Butler, ich war

nur für sie zuständig. Natürlich hat das ihre engsten Freunde mit eingeschlossen.«

Plötzlich hört man Sophie, wie sie ihrem Sitznachbarn wütend etwas zuzischt. Thomsen ist kurz irritiert. Doch sie winkt ab und deutet ihrem Chef, einfach weiterzumachen.

»Danke, Herr Bleeker«, sagt Thomsen und beobachtet zufrieden, wie der Butler wieder seinen Platz, stehend hinter seiner Chefin, einnimmt. »Um 21:55, also kurz nachdem Barnd wieder auf seinen eigenen Platz zurückgekehrt ist, begab sich Daya Boekhoff zu ihrer Großmutter.«

Thomsen winkt sie heran und Daya geht zielstrebig auf Sophie zu und zeigt ihr auf dem Handy ihre letzten Instagram-Postings.

»Daya bleibt nur drei Minuten«, kommentiert Thomsen weiter. »Anschließend nippt Adda Boekhoff von ihrem Champagner – davon gibt es Fotos – und löffelt ihre Schokomousse. Davon haben wir sogar ein paar Sekunden auf einem Handyvideo. Bis zu diesem Zeitpunkt ging es ihr prächtig. Dann kippt sie, wie jedes Mal nach dem Essen, den Magenbitter auf Ex und sofort beginnen die Probleme. Sie klagt, dass er scharf war und ihre Zunge taub wird. Kurz darauf werden die Beschwerden massiver und Adda Boekhoff kann sich nicht mehr auf ihrem Stuhl halten.«

Während Sophie sich nun nach Leibeskräften krümmt, schreit plötzlich Dr. Krayenberg neben ihr auf. Doch als sie ihm einen bösen Blick zuwirft, gleitet er schnell wieder in seine Rolle zurück und erklärt, dass er nun vorgeschlagen habe, Adda ins Nebenzimmer zu bringen.

»Danke vielmals«, erwidert Thomsen. »Das müssen wir hier nicht nachstellen, schließlich geht es ab diesem Moment nur noch um vergebliche Hilfe . . .«

Krayenberg, der ein Taschentuch auf seine Hand presst, aus dem Blut durchsickert, fällt ihm ins Wort.

»Wenn Sie mich kurz entschuldigen, ich bin gleich wieder zurück.«

Thomsen nickt ihm stirnrunzelnd zu und richtet seine Worte an alle anderen. »Uns ist bewusst, dass viele von Ihnen Barnd Boekhoff für den Täter halten, weil er für seine aggressiven Ausbrüche bekannt war.«

»Ganz genau«, schreit Bonna. »Das ist doch logisch!«

»Eigentlich nicht«, erklärt Thomsen ruhig. »Ihr Bruder hoffte, mit dem kolossalen Geschenk seine Mutter umzustimmen. Er wusste, dass er enterbt war und er wollte, dass sie ihre Meinung ändert. Sie umzubringen, hätte ihm nichts gebracht.«

»Doch. Rache!«, beharrt Bonna.

Thomsen greift nun zur Fernbedienung, die den Beamer steuert, der extra zu Demonstrationszwecken aufgebaut worden war. Nach wenigen Tastenklicks erscheint Antje Giebels brutal verunstaltetes Gesicht auf der Präsentationsfläche an der Wand. Einige Anwesende erschrecken hörbar.

»So sieht die Rache von Barnd Boekhoff aus. Dies ist die Bestrafung für seine Freundin, weil sie Dinge tat oder sagte, die er nicht guthieß. Und so hätte auch Adda Boekhoff ausgesehen, wenn seine Rachegelüste mit ihm durchgegangen wären.«

Zum ersten Mal herrscht nun betretene Stille im Raum.

»Aber unser Mörder war nicht rachsüchtig. Er oder sie war klug, hinterhältig, beherrscht und unglaublich geschickt. Und das bringt uns zu Daya«, fährt Thomsen fort.

»Was?« Die Hand, die wie üblich über das glänzende Haar streicht, verharrt wie schockgefroren.

»Oh mein Gott!«, ruft Bonna aus, und wieder geht ein Raunen durch den Saal.

»Sie hatten ein wunderbares Motiv«, setzt Thomsen ungerührt fort. »Sie erben dieses Anwesen hier und steigen zur neuen Schlossherrin auf – da ist es nur ganz natürlich, dass Sie ein enormes Interesse daran haben, dass dieses Testament nie wieder geändert wird. Und Sie hatten die Gelegenheit, Ihrer Großmutter etwas in den Drink zu kippen. Sie standen nur wenige Minuten vor dem tödlichen Schluck neben ihr.«

Daya kann sich nun nicht mehr auf ihrem Stuhl halten.

»Das ist doch völlig bescheuert! Sind Sie verrückt? Ich hätte ihr nie etwas antun können.«

Auch Bonna springt nun auf, ihre Mutterinstinkte lassen sie die Zähne fletschen.

»Was erlauben Sie sich?«, fährt sie in voller Lautstärke auf den Hauptkommissar los.

Doch Thomsen lächelt bloß. »Beruhigen Sie sich. Wir haben Ihre Tochter bereits wieder ausgeschlossen.«

Er zeigt nun das nächste Foto auf der Präsentationsfläche, wo Daya in dem Outfit zu sehen ist, das sie an jenem Abend trug.

»Wie alle sehen können, ist ihr Kleid so knapp bemessen, mit einem eng anliegenden glatten Stoff, dass sie beim besten Willen nichts darin oder darunter verstecken konnte.«

»Was denn verstecken?«, ruft Tamme Boekhoff dazwischen.

»Dazu kommen wir noch. Bitte gedulden Sie sich noch ein klein wenig.«

»Nun gut, aber das bedeutet jedenfalls, dass Wiebke genauso wenig infrage kommt, nicht wahr?«, setzt Tamme nach.

»Das leuchtet mir ein«, ist Bonna ausnahmsweise mit

ihrem Bruder einer Meinung. »Schließlich hatte sie noch weniger an als Daya.«

Thomsen schmunzelt.

»Richtig. Ich sehe, Sie können unserer Logik folgen.«

Die Tür geht auf und Krayenberg kommt mit einem großen Pflaster an der Hand zurück. Ohne ein Wort zu sagen, nimmt er wieder an Sophies Seite Platz.

»Sie kommen gerade rechtzeitig«, spricht Thomsen ihn direkt an. »Denn es wird die Familie Boekhoff freuen zu hören, dass wir auch sämtliche anderen Familienmitglieder ausgeschlossen haben und somit lediglich drei Verdächtige übrig bleiben. Gard Bleeker, Heinz Hegel und Sie, Herr Doktor Krayenberg.«

Einen Moment lang bleibt es mucksmäuschenstill. Kurz darauf bricht in dem eleganten Festsaal die Hölle los.

48

Es dauert eine gute Weile, bis der Tumult sich wieder legt. Besonders der alte Krayenberg will sich überhaupt nicht mehr beruhigen.

»Das ist doch eine Frechheit! Ich war schließlich derjenige, der versucht hat, sie zu retten!«

»Du warst derjenige, der am lautesten nach einem Arzt geschrien hat!«, schimpft Tamme.

»Ich bin hier völlig zu Unrecht unter Verdacht, ich war nicht nur ihr Anwalt, ich war ihr bester Freund! Ich habe doch überhaupt kein Motiv«, macht Hegel seiner Empörung Luft.

»Warum ich?«, ereifert sich auch Bleeker. »Ich habe ihr schon tausende Male Getränke eingeschenkt. Außerdem hat mir Oberkommissarin Meerkatz versichert, dass sich weder in der Flasche noch im Schnapsglas Rückstände eines Giftes befanden.«

»Das ist richtig«, gibt Thomsen zu. »Aber gerade das hat uns zu denken gegeben. Denn genau genommen wird gerade dadurch dieser Mord zu einem Kunststück...«

»Aber...«, beginnt Krayenberg. Hegel und Bleeker stimmen mit ein, bis Thomsen ihnen mit eindeutigen Gesten Einhalt gebietet.

»Bleiben Sie ruhig. Wir wissen, dass zwei von Ihnen unschuldig sind, also haben Sie noch kurz Geduld, wir werden schon in den nächsten Minuten alles aufklären.

Und jeder, der unschuldig ist, kann nun daran mitwirken. Bedenken Sie dabei Folgendes: Unser Täter ist ein Meister seines Fachs. Er ist ein Perfektionist, der alles bedenkt. Er liebt Rätsel, von denen nur er die Lösung weiß.«

»Was denn für Rätsel?«, poltert Bonna dazwischen.

Thomsen lässt sich nicht aus der Ruhe bringen.

»Nun, wie wär's mit diesem Rätsel: Adda Boekhoff wurde mit dem Blauen Eisenhut, einer der tödlichsten Pflanzen überhaupt, vergiftet. Und wir fanden weder in der Champagnerschale, noch am Glas, das den Magenbitter enthielt, noch an der Schüssel mit der Schokomousse auch nur die winzigsten Spuren. Wir haben bloß die Aussage des Opfers selbst, welches sich unmittelbar nach dem Magenbitter beschwerte. Welchen Grund hätten wir, die letzten Worte einer Sterbenden nicht zu glauben? Das lässt nur einen Schluss zu: Nämlich, dass der Mörder nicht nur heimlich das Gift hinzugefügt hat, sondern auch ihr Schnapsglas – nachdem sie den Magenbitter runtergekippt hatte – gegen ein anderes austauschte. Und zwar, ohne dass es jemand mitbekam! Deshalb sprechen wir hier von einem Szenario, einem inszenierten Stück, einem Zaubertrick. Der Mörder ist ein Magier, ein Illusionist, der mit seinen geschickten Händen das Publikum gekonnt zu täuschen vermag. Ein Perfektionist, der sämtliche Spuren verwischt, alle vor ein Rätsel stellt und es genießt, dass er als einziger die Lösung weiß.«

Bei Thomsens letzten Worten kann sich Tamme nicht mehr im Stuhl halten, auch Hegel und Krayenberg springen auf. Der Zorn, der nun gleichzeitig aus ihren Blicken schießt, richtet sich auf ein und denselben Mann.

Bleeker geht instinktiv einen Schritt zurück. Jegliche Farbe ist nun aus seinem Gesicht gewichen.

»Gard? Gard? Oh mein Gott, Gard!« Hilke Brunken ist

ebenfalls aufgesprungen. Ihr Gesicht ist vor Entsetzen schneeweiß, die Augen aufgerissen. Fassungslos macht sie einen Schritt auf ihn zu. »Wie konntest du nur?«

In demselben Augenblick, in dem sie zu schwanken beginnt, stürzt Gard Bleeker zu ihr hin.

»Hilke!«

»Geh weg!«

»Hilke, bitte, sieh mich nicht so an! Ich habe das doch bloß für uns getan!«

»Für uns?« Hilkes Augen füllen sich nun mit Tränen.

»Natürlich für uns. Ich konnte doch nicht mehr mit den Schmerzen in meinem Bein, das weißt du doch, aber sie ließ sich nicht erweichen. Sie sagte bloß, wenn ich nicht mehr für sie arbeiten will, soll ich gehen. Aber ich kann doch nicht gehen. Ich muss doch bei dir bleiben, das verstehst du doch, oder? Sag mir, dass du das verstehst ... Hilke, ich habe ihr Testament gesehen, ich wusste, wenn sie stirbt, kann ich bleiben. Hier im Schloss. Bei dir! Mit genug Geld, um davon zu leben ... Hilke, das war es doch, was wir wollten, du und ich ... Hilke ...«

Thomsen lässt nun die Handschellen klicken.

»Gard Bleeker, Sie sind verhaftet. Alles, was Sie sagen, kann und wird vor Gericht gegen Sie verwendet werden.«

Er zieht den Sträubenden hoch, weg von der Frau, die ihm alles bedeutet. Sophie geht nun auch dazwischen und führt die weinende Hausdame aus dem Saal. Daya ist plötzlich an ihrer Seite.

»Kommen Sie hier lang, da ist ein Waschraum.«

Jasper und Svenja nehmen den Geständigen links und rechts am Oberarm.

»Sie kommen jetzt mit uns.«

Bleeker nickt kraftlos.

»Darf ich ein paar persönliche Sachen zusammenpacken? Meine Zahnbürste und einige Fotos?«

Sein gebrochener Blick rührt Svenja auf eine gewisse Weise.

»Nur, wenn es schnell geht«, sagt sie. »Und wir kommen mit. Außerdem bleiben die Handschellen an.«

In seiner kleinen Wohnung im Ostflügel nimmt Gard Bleeker eine Reisetasche aus dem Schrank.

»Ich muss da hineinsehen«, verlangt Svenja und er zeigt ihr, dass die Tasche leer ist. Anschließend legt er unter ihrem strengen Blick ein paar Kleidungsstücke und einige Fotos hinein.

Jaspers Handy läutet.

»Klar, Chef. Wir kommen sofort.«

Svenja sieht Bleeker an, der mit seinen bekümmerten Augen und hängenden Schultern das lebende Abbild eines gebrochenen Mannes verkörpert.

»Ich würde Sie gerne etwas fragen«, wagt sie sich vor. »Wie haben Sie es gemacht? Ich meine, wie haben Sie das hingekriegt, dass wir nirgendwo Spuren oder Beweise fanden?«

Bleeker setzt ein trauriges Lächeln auf.

»Nun, die Pflanzen waren immer schon da. Adda wusste um ihre Gefährlichkeit. Es gefiel ihr, solche Pflanzen am Anwesen zu haben. *Das sind die Tiger der Botanik*, sagte sie einmal zu mir. Wunderschön, aber brandgefährlich. Ich musste bloß ein paar Wurzeln ausgraben – mit Handschuhen versteht sich – und daraus das Gift in flüssiger Form herstellen.«

»Warum haben wir dann in Ihrer Wohnung keine Spuren davon gefunden?«

»Nun, ich habe es nicht dort gemacht, sondern in der ehemaligen Werkstatt des Fuhrparks. Die steht nämlich leer, weil die Fahrzeuge seit Jahren extern gewartet werden.«

Svenja nickt, während sie sich gedanklich Notizen macht.

»Das leuchtet mir ein, aber warum haben wir weder in der Flasche mit dem Magenbitter, noch im Glas Spuren von dem Gift gefunden?«

»Damit Sie es mir nicht zurechnen können.«

»Schon klar. Aber wie haben Sie das hingekriegt?«

»Sie wollen, dass ich Ihnen meinen Trick verrate?«

»Ja.«

Für einen Moment sieht es so aus, als wolle Gard Bleeker aufbegehren. Doch dann sackt er wieder in sich zusammen.

»Warum auch nicht – es ist jetzt ohnehin schon egal. Ich hab immer schon gern gezaubert, wissen Sie. Für Adda, für ihre Kinder, für die Angestellten in der Küche... mein Stresemann ist bestens präpariert – soweit es Innen- und Außentaschen betrifft. Es gab von Anfang an zwei Flaschen. Ich habe den Magenbitter für Adda aus der Giftflasche eingeschenkt und danach einfach im Mantel die Flasche getauscht.«

»Und dasselbe haben Sie anschließend mit dem Schnapsglas gemacht, als der Tumult losgebrochen war?«

»Ja. Völlig simpel, nicht wahr? Wenn man seinen Trick verrät, schwindet die Magie und übrig bleibt bloß eine billige Täuschung«, resümiert Bleeker und öffnet mit seinen gefesselten Händen die einzige Tür im Raum. »Ich hole nur noch meine Zahnbürste und meine Medikamente aus dem Bad.«

»In Ordnung«, sagt Svenja, »aber die Tür bleibt offen.«

Sie sieht ihm zu, wie er ein Schränkchen öffnet und Medikamente entnimmt, als Jaspers Handy erneut zu läuten beginnt.

»Du Mutti, das ist jetzt ein ganz schlechter

Zeitpunkt . . . ja, das stimmt, aber woher weißt du . . .?«

»Mann, Jasper«, flüstert Svenja und verdreht die Augen.

»Sie weiß bereits, dass Bleeker gestanden hat . . . wie ist das möglich?«, flüstert Jasper zurück. »Ja, Mutti, ich ruf dich später an . . .«

Der Knall, der plötzlich aus dem Bad hallt, ist ohrenbetäubend.

Svenja wird auf der Stelle blass.

Sie dreht sich wieder zu ihrem Verdächtigen um und schlägt die Hände vors Gesicht.

»Sieh nicht hin«, haucht sie, als Jasper mit verstörtem Gesichtsausdruck auf sie zukommt.

49

Dank Daya Boekhoff verbreitet sich der Selbstmord des überführten Butlers über die sozialen Medien genauso schnell wie sein Geständnis zuvor.

Für Hauptkommissar Thomsen bedeutet das, dass seine Vorgesetzten ihn anrufen, statt er sie. Infolgedessen zitiert ihn Dienststellenleiter Petersen ohne Umschweife zu einem sofortigen Krisengespräch in sein Büro.

»Mann Rüde, wieso habt ihr nicht auf den aufgepasst? Sowas gibt eine fürchterliche Presse . . .«

»Haben wir doch. Meine Leute waren bloß zwei Meter entfernt. Dass der trotz Handschellen so schnell mit der Waffe ist, das konnte ja wohl wirklich keiner ahnen.«

»Ach herrje . . .« Petersen kratzt sich am Hinterkopf. »Ich persönlich hab ja Verständnis, aber ich bekomme jetzt Druck von allen Seiten. Da kommen wir um ein Disziplinarverfahren kaum herum.«

»Das verstehe ich«, gesteht Thomsen freimütig ein. »Währenddessen werde ich mich erholen. Wie du weißt, hab ich noch Urlaub von den letzten Jahren stehen. Die Personalstelle liegt mir schon lang damit in den Ohren. Den nehm ich jetzt am Stück.«

»Bist du verrückt?«, fährt Petersen hoch.

»Nee, wieso? Ich will bloß nicht, dass mir der verfällt«, erklärt Thomsen mit dem unschuldigsten Blick, den er im Repertoire hat und stellt zufrieden fest, dass sich auf dem

Gesicht seines Dienststellenleiters rote Flecken abzeichnen. Die treten bei ihm immer auf, wenn er in den Panikmodus kippt.

»Überleg doch, Rüde. Zwei Kommissare praktisch lahmgelegt durch das Verfahren und der Chef drei Monate abwesend – wie steh ich denn da, wenn etwas passiert? Die Meerkatz allein kann doch keine Wunder bewirken.«

»Jetzt tust du ihr aber Unrecht.« Thomsen lächelt und erhebt sich. »Meinen Urlaubsantrag, samt dem Aufforderungsschreiben der Personalstelle, kriegst du heute noch.«

»Verdammt Rüde! Du weißt, dass ich dich hier brauche.«

»Klar. So wie ich meine Ferien.«

Er hat die Hand bereits auf der Türklinke, als Petersen endlich einlenkt.

»Ich werde mein Möglichstes versuchen, das Disziplinarverfahren abzuwenden.«

»Das ist eine hervorragende Idee.« Thomsen kehrt gemächlich zum Besprechungstisch zurück.

»Da wäre noch eine Sache«, druckst Petersen ein wenig herum, »nämlich den Tod von Barnd Boekhoff betreffend. Die Journalisten fragen mich ständig danach, und auch der Paulsen hat deswegen schon angerufen...«

»Ich höre«, sagt Thomsen, weil von Petersen nichts mehr kommt.

»Ja, ähem, habt ihr da 'nen Akt angelegt?«

»Nein.«

»Aber ich meine, in einem Protokoll der Kollegin Tades gelesen zu haben, dass Till und Wiebke Boekhoff bei diesem Todesfall *involviert* gewesen sein könnten.«

Thomsen zuckt gleichmütig mit den Schultern.

»Wir alle wurden darin ausgebildet, Theorien zu

entwickeln. Aber wenn der Gerichtsmediziner sagt, dass Fremdverschulden nicht nachweisbar ist und wir auch keine Aussagen vorliegen haben, die eine Theorie stützen, dann ist es eben so.« Der Hauptkommissar setzt dazu an, sich zu verabschieden.

»Nicht so hastig, nicht so hastig. Ich akzeptiere deine Erklärung betreffend Barnd Boekhoff, aber dafür schenkst du mir reinen Wein darüber ein, was sich heute Nachmittag auf dem Schloss abgespielt hat.«

Bereitwillig setzt sich Thomsen wieder hin.

»Wie meinst du das?«, ziert er sich ein wenig, um die Spannung zu erhöhen.

»Ich möchte wissen, wie es zu diesem Geständnis kam. Soweit ich weiß, gab es nicht einen einzigen Beweis.«

»Das ist richtig. Gard Bleeker handelte extrem umsichtig. Wir hatten absolut keinen Beweis, der ihn belastete.«

»Eben.« Der Dienststellenleiter beugt sich nun neugierig vor und schiebt die ständig rutschende Brille auf die Nase zurück. »So einer gesteht doch dann nicht einfach so. Ich hoffe bloß, ihr habt keine übermäßige Gewalt angewendet.«

Thomsen muss schmunzeln, weil er sich bei diesen Worten die Meerkatz vorstellt, wie sie dem Verdächtigen mit ihrem Stiefelabsatz in die Weichteile steigt.

»Keine Sorge. Wir haben ihn nicht angerührt.«

»Jetzt spann mich nicht länger auf die Folter!«

»Okay«, gibt Thomsen nach. »Wir wussten bereits heute Morgen, dass Bleeker der Täter war. Es kam einfach kein anderer infrage. Die Meerkatz hat ein Raster entwickelt, in dem nur mehr drei Personen übrig blieben. Von diesen dreien war es dann völlig logisch, dass Bleeker als einziger ein Motiv, die Möglichkeit und vor allem die Fähigkeit hatte, einen derartigen Anschlag so perfekt durchzuziehen.

Von da an ging es nur mehr um die Frage, wie wir ihn zu einem Geständnis bringen. Deshalb haben wir uns ein Szenario überlegt, wie wir ihn zu Fall bringen können. Ausschlaggebend war, dass wir bei unseren Ermittlungen seine Schwachstelle entdeckt haben – nämlich die Frau, die er liebte: Hilke Brunken, die Hausdame, mit der er seit vielen Jahren eine Art Partnerschaft pflegte. Aufgrund ihres gütigen und herzlichen Wesens war es für uns alle nicht vorstellbar, dass sie in Bleekers Pläne eingeweiht war. Und genau diesen Punkt haben wir uns zunutze gemacht. Wir haben der Familie Boekhoff weisgemacht, wir klären nun alle zusammen den Mord im Rahmen einer gemeinsamen Nachstellung auf. Wir sagten sowohl Tamme als auch Bonna Boekhoff, dass wir das für sie machen, damit sie endlich eine Erklärung erhalten. Und wir haben betont, dass wir sie nicht verdächtigen. Deshalb haben sie mitgespielt und die anderen zusammengetrommelt. Sie haben uns sogar einen Beamer zur Verfügung gestellt. Die Neugier will schließlich befriedigt werden.

In Wahrheit diente das gesamte Schauspiel – und das war es – nur einem einzigen Zweck: Hilke Brunken sollte die Wahrheit erkennen. Also haben wir sie perfekt im Raum positioniert und eine Person nach der anderen als Täter ausgeschlossen. Mit immer mehr Hinweisen haben wir sie mit der Nase auf die Wahrheit gestoßen, weil ihre Reaktion unsere einzige Chance auf ein Geständnis war. Und der Plan ging auf. Als sie fassungslos zusammenbrach und *Wie konntest du nur?* flüsterte, riss sie Bleeker mit. Mit ihrem gebrochenen Blick hat sie ihn dazu gebracht, sich zu rechtfertigen – er konnte dem Drang, sich ihr zu erklären, in diesem emotionalen Moment nicht widerstehen.«

»Unglaublich.« Petersen ist tief beeindruckt. »Rüde, das war echt eine Meisterleistung. Gab's da nicht mal im Kino einen Kommissar, der so gearbeitet hat?«

»Ja. Poirot.«

»Poirot. Genau. Ich erinnere mich. Der Peter Ustinov hat den gnadenlos gut gespielt. Aber du, du hast das bei einem echten Fall umgesetzt – ganz ohne Drehbuch!«

Thomsen, der sich nur zu gern in dem Lob aalt, spürt nun doch den Anflug eines schlechten Gewissens in sich aufkeimen. Schließlich weiß er ganz genau, wer sein Drehbuch geschrieben hat.

»Also die Meerkatz hat schon sehr geholfen, und die anderen beiden auch.«

»Jaja.« Petersen klopft ihm auf die Schulter. »Das ist sehr nobel von dir, dass du dein Licht zugunsten deines Teams unter den Scheffel stellen willst.«

Rüdiger Thomsen grinst in sich hinein. Der Petersen wird mit dieser Geschichte überall angeben und sie weit über die Grenzen Schleswig-Holsteins hinaustragen. Weil er nun mal nichts lieber tut, als mit den Erfolgen seiner Dienststelle zu prahlen.

Nun, das ist nicht sein schlechtester Charakterzug, denkt Thomsen, während er sich verabschiedet.

*Die Ruhe nach einem Gewitter erzeugt
eine ganz besondere Stimmung*

SAMSTAG

50

Die Verlobungsparty, die Ella Hinrichs für Maike und Rüdiger in ihrem großen Gastraum am Campingplatz organisiert hat, ist ein voller Erfolg. Über dreißig geladene Gäste prosten sich bei bester Laune zu.

Nach der vorzüglichen Krabbensuppe wird Labskaus serviert und die Stimmung steuert auf ihren Höhepunkt zu. Im allgemeinen Trubel und der Lobrufe fürs Essen verschwindet Svenja wortlos nach draußen.

Während ihr Freund Okko es nicht bemerkt, weil seine Sitznachbarin ihn in ein Gespräch über Schafe verwickelt, sieht Jasper ihr besorgt hinterher. Svenja spricht kaum mehr, seit der alte Bleeker sich in ihrer Obhut das Gehirn weggepustet hat, und er kennt seine Kollegin und beste Freundin lange genug, um zu wissen, dass dies ein Alarmzeichen ist.

Nachdem seine Mutti ohnehin nur Augen und Ohren für Billi hat, folgt er ihr unauffällig.

Svenja lehnt draußen in der Kälte an der Wand. Ihr Gesicht ist blass, wie eigentlich ständig seit dem Vorfall.

Sie lächelt bemüht, als Jasper auftaucht.

»Ich hätte nicht kommen sollen«, sagt sie unglücklich. »Ich verderbe noch allen die Laune.«

»Quatsch. Ich finde auch, dass das Labskaus heute scheußlich riecht.« Er grinst sie aufmunternd an.

»Total.« Sie verzieht das Gesicht. »Ich bring keinen

Bissen hinunter.«

»Das wird wieder. Du musst bloß aufhören, dir Vorwürfe zu machen. Es war nicht deine Schuld. Ich war der, der es vermasselt hat. Ich hätte nicht telefonieren dürfen, und schon gar nicht mit der Mutti, die wirklich ein Talent hat, mich abzulenken.«

»Was hat sie denn eigentlich gewollt?«

»Ja, stell dir vor, eine Hardcore-Camperin, die um diese Jahreszeit noch immer einen Wagen bei ihr gemietet hat, hat auf Instagram gesehen, dass Daya Boekhoff über die Aufklärung des Mordes gepostet hat. Mit den Worten: *Ist das zu glauben – der Butler wars.*«

»Wow, fast in Echtzeit.«

»Ja, und da musste mich die Mutti sofort anrufen, ob es stimmt, und ich war so baff, dass sie es schon wusste und na ja, ich hätte ihm ins Bad folgen sollen.«

»Das hätten wir beide tun sollen . . .«

Eine Weile stehen sie schweigend und starren in die trostlose Winterszenerie. Erst als Sophie auftaucht, ringt Jasper sich wieder ein Lächeln ab.

»Schon satt?«

»Nee, das nicht, aber ich musste dringend raus. Der Rüde gibt da drinnen gerade die Geschichte zum besten, wie er und Evando sich das erste Mal begegnet sind.«

»Du meinst euer schreckliches Doppel-Date auf der MS Nordertor?«, hakt Jasper nach.

»Ja, das und die Konfrontation in der Personalküche hinterher.«

»Ach, deshalb hast du so rote Wangen.« Nun muss Svenja doch ein wenig grinsen.

»Das versteh ich jetzt nicht.« Jasper schaut fragend von einer zur anderen.

Doch die beiden Frauen denken nicht daran, ihn aufzuklären.

»Und Evando macht das nichts aus?«, fragt Svenja.

»Nee. Der nimmt das mit Humor. Immerhin ist er derjenige, der mich erobert hat.«

»Ich weiß nicht, wovon du redest«, beschwert sich Jasper bei Sophie, »aber ich akzeptiere eure Frauengeheimnisse. Doch erklär mir wenigstens, was mit dem alten Krayenberg los war, als der plötzlich mitten in der Mord-Nachstellung ein Pflaster brauchte.«

»Ja, das würde mich auch interessieren«, pflichtet Svenja ihm bei. »Ich bin richtig erschrocken, als der plötzlich aufgeschrien hat.«

Sophie grinst nun ein wenig verlegen.

»Sagen wir, er hat Bekanntschaft mit meiner Gabel gemacht.«

»Wie bitte?« Svenjas Augen werden groß und rund und beginnen sogar ein wenig zu leuchten.

»Tja.« Sophie zuckt mit den Schultern, wie immer, wenn sie etwas herunterspielen will. »Während der Rüde seine Show abzog, legte mir der klapprige Tattergreis seine knöcherne Pranke auf den Oberschenkel. Ich hab ihm gesagt, wenn er das noch mal macht, wird er es bereuen. Er wollte nicht hören.«

Nun entkommt Svenja tatsächlich ein Lacher.

»Du hast den Kotzbrocken mit der Gabel gestochen?«

»Gepikst«, korrigiert Sophie.

»Aber immerhin so fest, dass er blutete.«

»Vielleicht fehlte seiner Haut aufgrund des Alters auch schon ein wenig die Spannung«, versucht Sophie immer noch die Angelegenheit kleinzureden.

»Pruhaha«, legt nun auch Jasper los. »Das ist echt 'n Ding!«

»Du bist meine Heldin.« Svenja umarmt Sophie spontan. »Dieser alte Grapscher hat das so was von verdient! Also ehrlich – für mich bist du die Beste!«

»Dem kann ich mich nur anschließen!«, ertönt plötzlich eine wohlbekannte Stimme hinter ihnen.

Sophie fährt herum und blickt in zwei vertraute blitzblaue Augen mit verboten langen Wimpern.

»Enno! Was für eine Überraschung!«

»Ja, nicht wahr! Ich hab's in Australien keinen Tag länger ausgehalten – das waren einfach viel zu viele Kilometer, die mich von dir trennten.«

Er nimmt sie in den Arm, drückt sie an sich und küsst sie leidenschaftlich.

Während Sophie vom Überraschungsmoment völlig überrumpelt ist, beobachten Svenja und Jasper gespannt die Szenerie – die an Dramatik gewinnt, als Evando und Okko ebenfalls aus dem Haus kommen.

»Da seid ihr ja«, ruft Evando und bleibt verblüfft stehen.

»Jasper, deine Mutti rotiert bereits, weil dein Essen noch unberührt am Tisch steht«, berichtet Okko. »Sie schwört bei ihrem Leben, dass so etwas noch nie vorgekommen ist.«

»Ja, klar. Ich komme«, antwortet Jasper, rührt sich jedoch nicht vom Fleck.

Auch Svenjas Augen verfolgen gebannt die beiden unterschiedlichen Männer, die nun im Dreieck mit Sophie zusammenstehen. Sie sieht ihrer Kollegin an, dass sie nicht die geringste Ahnung hat, wie sie mit dieser Situation umgehen soll. Die nougatbraunen Augen flackern und blicken irritiert von einem zum anderen.

Schließlich reicht der große, dunkelhaarige Rechtsmediziner dem strohblonden Neuankömmling die Hand, was dazu führt, dass jener Sophie wieder freigibt.

»Ich bin Evando.«

»Enno. Ich bin Jaspers Halbbruder.«

»Angenehm. Ich bin Sophies Freund.«

»Äh«, macht Okko neben Svenja und stupst sie an.

»Sch . . .« Svenja legt ihren Zeigefinger an die Lippen und starrt ungeniert zu dem Trio hinüber.

Während Enno nun genauso verwirrt dreinsieht wie Sophie, ergreift Evando die Initiative. Er streicht seiner Freundin zärtlich eine Haarsträhne aus dem Gesicht.

»Komm Liebes, lass uns reingehen. Es ist kalt hier draußen.«

Nachwort der Autorin

Liebe Leserinnen und Leser,

an dieser Stelle möchte ich mich sehr herzlich für die Unterstützung bei meinen Freunden, Testlesern und Lektoren sowie den Experten der Kriminalistik und der Medizin bedanken – und natürlich bei Ihnen, liebe Leserinnen und Leser!

Ich freue mich, wenn **DIE KÜSTEN-KOMMISSARE** *Ihnen ein paar spannende und unterhaltsame Stunden bescheren konnten.*

Wenn es Ihnen gefallen hat, würde ich mich über eine Rezension bei Amazon sehr freuen. Ein großes **DANKE** *all jenen, die sich kurz Zeit nehmen und ein paar Worte schreiben!*

Für jene, die wissen wollen, wie es mit Thomsen, Meerkatz & Co weitergeht: *Spannend – so viel steht fest. Denn das nächste Buch kommt schon sehr bald!*

Einfach **Anne Amrum** *auf Amazon folgen und sofort über Neuerscheinungen informiert werden!*

Anne Amrum, Dezember 2021

Instagram: anneamrum
E-Mail: anne.amrum@gmx.de

Es geht spannend weiter...

Der fünfte Fall der Küsten-Kommissare

NORDSEE OPFER von
Anne Amrum

TATORT NORDSEE

Der angesehene Chorleiter Magnus Holstein wird tot in seinem Haus aufgefunden. Alles deutet auf einen Herzinfarkt hin. Doch warum hat das Opfer Striemen an seinem Hinterteil und weitere Verletzungen im Intimbereich? Quasi über Nacht sorgen die Ergebnisse des angeforderten Spurensicherungsdienstes für einen Eklat der Sonderklasse!

Mit einem Mal steht Hauptkommissar Rüdiger Thomsen im Zentrum der Mordermittlung – als Hauptverdächtiger. Während die Medien den suspendierten Thomsen zerfleischen, müssen Oberkommissarin Sophie Meerkatz und der Rest des Teams nicht nur den Fall klären, sondern auch mit der personellen Unterstützung aus Kiel klarkommen. Keine leichte Sache, denn je mehr sie graben, desto schmutzigere Details kommen ans Licht.

Erhältlich auf AMAZON!

Wie alles begann . . .

Der erste Fall der Küsten-Kommissare

NORDSEE Mord von
Anne Amrum

TATORT NORDSEE

Die sechzehnjährige Inga wird tot im Husumer Watt aufgefunden. Die jugendliche Tote ist ein beliebtes Mädchen aus dem Ort. Ein tragischer Selbstmord, davon ist Hauptkommissar Rüdiger Thomsen überzeugt.

Doch seine neue Kollegin Sophie Meerkatz wittert ein Verbrechen und beginnt unangenehme Fragen zu stellen. Als kurz darauf die beste Freundin der Toten vermisst wird, gerät auch Thomsens Überzeugung ins Wanken. Denn die Mutter der Vermissten ist eine alte Vertraute . . .

Die Situation spitzt sich zu, als es in der Bevölkerung zu brodeln beginnt. Ein Sündenbock ist schnell gefunden. Doch liegt überhaupt ein Verbrechen vor und ist der Verdächtige auch tatsächlich der Schuldige? Und wo steckt das vermisste Mädchen?

Im ersten Teil der spannenden Nordsee-Reihe prallen Welten aufeinander: Emanzipierte Emsigkeit aus der Hauptstadt trifft auf die Gelassenheit des Nordens. Mit Engagement und Leidenschaft für ihren Job tritt Kommissarin Sophie Meerkatz gegen die Vorbehalte ihres neuen Chefs an und scheut auch nicht davor zurück, zu drastischen Maßnahmen zu greifen.

Erhältlich auf AMAZON!

Printed in Dunstable, United Kingdom